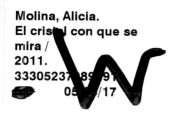
El cristal con que se mira

El cristal
con que se mira

ALICIA MOLINA

ilustrado por
MERCÈ LÓPEZ

FONDO
DE CULTURA
ECONÓMICA

Primera edición,   2011
  Quinta reimpresión, 2016

Molina, Alicia
    El cristal con que se mira / Alicia Molina ; ilus. de
Mercè López. — México : FCE, 2011
    220 p. ; 19 × 15 cm — (Colec. A la Orilla del Viento)
    ISBN 978-607-16-0654-9

    1. Literatura infantil I. López, Mercè, il. II. Ser. III. t.

LC PZ7   Dewey 808.068 M442c

Distribución mundial

© 2011, Alicia Molina, texto
© 2011, Mercè López, ilustraciones

D. R. © 2011, Fondo de Cultura Económica
Carretera Picacho Ajusco, 227; 14738 México, D. F.
www.fondodeculturaeconomica.com
Empresa certificada ISO 9001:2008

Editoras: Eliana Pasarán y Mariana Mendía
Diseño: Miguel Venegas Geffroy

Comentarios: librosparaninos@fondodeculturaeconomica.com
Tel.: (55)5449-1871

ISBN 978-607-16-0654-9

Impreso en México • *Printed in Mexico*

A Julieta Argudín, mi mamá, que ensanchó mi mundo cuando me enseñó a leer y a escribir

Índice

El día
menos pensado

Las cosas importantes suceden el día menos pensado. Esta vez, fue en jueves. Emilia despertó cuando la luz de la lámpara sobre su buró empezó a titilar. Se hizo la remolona un rato, incluso cuando Mara corrió las cortinas y una gran claridad inundó el dormitorio que compartían las tres hermanas.

Esa mañana, Emilia llegaría tarde a la escuela. Tenía cita con la doctora Guridi a las nueve en punto y era casi seguro que no la recibiría hasta pasadas las diez.

Sintió el ambiente de tormenta que caldeaba su casa cada vez que Mara e Inés se peleaban por el espejo. Últimamente a las dos les había dado por emperifollarse para la escuela como si fueran a un baile, así que Emilia decidió desayunar con calma y bañarse cuando sus hermanas se hubieran ido.

Su papá, casi listo para salir, bebía apresurado una taza de café. Por esta vez, él encaminaría a sus hijas mayores a la secundaria porque Alma, mamá y conductora oficial en esa familia, iba a llevar a Emilia a la clínica.

Inés había festejado sus catorce años la semana anterior y todavía quedaba pastel en el refrigerador. Emilia cortó la penúltima rebanada y se sirvió un vaso de leche. Su papá le hizo un guiño, le robó una cucharada de merengue y murmuró algo relacionado con las noticias, que Emilia no entendió porque él escondió la cara tras el periódico.

Tres minutos más tarde, sus hermanas salieron corriendo del baño, se despidieron con un gesto, literalmente se llevaron de corbata a su papá y dejaron el espejo empañado de vapor, el lavabo atascado de cosméticos y un aroma confuso a laca, jabón y perfume.

Emilia recogió el baño, no por hacendosa, sino porque no soportaba un desorden que no fuera el suyo; además, le entretenía mucho leer el tiradero de sus hermanas: Mara debió haber dudado durante media hora cómo peinarse porque dejó regada su colección completa de cintas, pinzas y broches. Así era su hermana más grande, revisaba mil opciones y terminaba por aferrarse a lo conocido: la diadema de carey que usaba diario.

Inés seguramente se había pintado la cara como un payaso, para luego quitarse el maquillaje capa por capa hasta quedar "natural". Ésa era su técnica y allí estaba la evidencia: un montón de pañuelos desechables sucios. Por último descubrió algo curioso: Mara se había puesto el perfume de Inés. Lo supo porque Inés nunca lo hubiera dejado destapado. Inés había usado el lápiz labial de Mara. Lo descubrió porque Mara jamás los cerraba después de usarlos.

Esos signos le revelaron algo todavía más importante. A pesar de tantos pleitos, al parecer sus hermanas empezaban a amigarse. Emilia se duchó, se puso el uniforme de deportes y alisó sus sábanas.

No sintió llegar a su mamá hasta que ella le jaló suavemente el pelo, que era su manera de decir buenos días. Alma le explicó, con el gesto de todas las mañanas, que iba a buscar el coche al estacionamiento y regresaría por ella en cinco minutos.

Terminó de tender su cama, buscó el libro que había dejado la noche anterior sobre la mesa de la sala, a treinta páginas del inimaginable desenlace, y lo guardó en su mochila. En ese momento vio encenderse el foco del pasillo y regresó a su recámara para ponerse los aparatos auditivos en los oídos; entonces escuchó un ruido que supuso era la voz de su mamá, que la llamaba por el interfón.

Al subirse al coche, Alma le explicó con calma y clara dicción, que la iba a dejar en el consultorio de la doctora Guridi y que esperaría un mensaje en el celular para recogerla. No podía quedarse porque una clienta la esperaba. Los papás de Emilia eran dueños de la pequeña y bien acreditada papelería de su colonia.

Ya en la clínica, Emilia saludó con un gesto amable a Rosi, la secretaria, que estaba sentada en el mismo lugar desde que ella tenía memoria. Su misión era ofrecer una sonrisa y un chocolate a cada niño que llegaba. Emilia recibió los suyos y guardó el chocolate para la hora del recreo.

Había por lo menos tres pacientes antes que ella. Esta vez le dio gusto porque eso le permitiría terminar la novela de detectives que esperaba impaciente en su mochila. El sillón de piel junto a la ventana le pareció el mejor lugar para sentarse: cómodo y con suficiente luz para leer.

Se zambulló en el libro y, durante media hora, borró lo que sucedía a su alrededor. Le encantó el final. Era de esos que obligan a releer algunos capítulos. El ladrón de las joyas no fue el primero del que sospechó, ni el segundo, ni el tercero, sino el único que podía y debía haberlo hecho. Todo casaba en la última página.

Se quedó pensando en la trama y, entonces, se fijó en el niñito sentado frente a ella. Debía tener cuatro o cinco años y se veía ansioso y tenso; miraba de reojo el cubículo de cristal donde la doctora examinaba a un muchacho. Seguramente lo asustaban los aparatos y el sofisticado equipo de audiometría.

Se acercó a él y le dijo con su voz más clara:

—No duele.

El niño no pareció escuchar; sin embargo, respondió a su sonrisa. Emilia le dio el chocolate reservado para el recreo y pensó que igual de desconcertada se había sentido la primera vez que fue a la clínica, cuando nadie se podía comunicar con ella para decirle lo que sucedía.

Se abrió una puerta y entró Jaime, el esposo de la que todos, hasta él, llamaban doctora Guridi. A Emilia le caía muy bien. Era, como ella, aficionado a las novelas de detectives y le había regalado una de sus favoritas.

Jaime era oculista, y esa mañana que todavía no habían llegado sus pacientes, le dijo a Emilia:

—Hace tiempo que quiero ver cómo ven esos ojos tan bonitos. Ahora tenemos tiempo.

La hizo sentarse en una silla alta y leer cada una de las letras del cartel que cubría la pared.

Jaime dio su diagnóstico como quien hace una broma sin importancia:

—Ya decía yo que una de las tres beldades iba a heredar la miopía del Topo.

El Topo era el papá de Emilia, que fue compañero de Jaime en la prepa, y las beldades eran sus tres hijas.

Lo siguiente fue ponerle unos aparatosos anteojos a los que les fue cambiando los lentes hasta que Emilia pudo leer la última letrita del dichoso cartel.

—Te mandaré a hacer los lentes. Rosi te mostrará los armazones para que escojas el más lindo.

Allí fue donde Emilia montó en cólera.

De ninguna manera iba a dejar que le pusieran lentes. Ya era suficiente con tener que usar aparatos auditivos.

—Anteojos no, no y no —dijo con voz lenta y grave.

Lo dijo con claridad y fuerza. No explicó, porque su vanidad no se lo permitía, que lo más bonito de su rostro eran sus ojos color miel y sus enormes pestañas. Gracias a ellos la gente no se fijaba tanto en los audífonos. Si le ponían lentes, además de sorda sería "cuatro ojos".

Tomó su teléfono y le mandó un s.o.s. a su mamá.

Jaime intentó volver sobre sus pasos:

—Mira, Emilia, la miopía es una característica que compartimos muchos. Yo mismo soy miope y eso no me hace la vida ni más fácil ni más difícil. Cuando veas cuánto y cómo cambia tu visión, descubrirás que vale la pena. Además, te vas a ver muy interesante.

—No los quiero.

La doctora Guridi se había desocupado. Emilia no necesitaba más pretexto para huir del consultorio del oculista.

Fue directo al cubículo aislado del ruido, se puso unos grandes audífonos y, paciente, como quien hace una tarea largamente practicada, repitió las palabras que escuchaba en diferentes tonos: primero con el oído izquierdo, luego con el derecho, una vez sin usar los aparatos, otra vez con ellos.

Cuando la doctora empezaba a explicarle a Emilia los resultados de su prueba, llegó Alma y pudo alegrarse con ella.

La pérdida detectada en la visita anterior debía ser producto de un resfriado, porque esta vez las respuestas de Emilia, sin auxiliares auditivos, eran las de siempre. Su sordera era la misma con la que llegó allí hacía años: hipoacusia bilateral moderada, lo que quiere decir que sus dos oídos estaban afectados y que no podía distinguir con claridad los sonidos de la voz humana. Sin embargo, con los auxiliares auditivos su sordera pasaba a ser leve. Eso le permitía oír los trinos de los pájaros si estaban cerca y las voces de casi todos sus amigos, aunque se le dificultaban algunos sonidos o los tonos muy agudos; por eso tenía que poner atención cuando alguien le hablaba, apoyándose en la lectura de sus labios.

Escuchaba bastante bien las palabras en el ambiente ideal del consultorio, donde sonaban nítidas, sin ruidos de acompañamiento, sin sonidos ambientales ni otras voces tapándose unas a otras. En la vida real, concretamente, en el salón de clases, las cosas podían ser mucho más difíciles para Emilia.

La doctora entretuvo a Alma pidiéndole que se reuniera con los papás del niñito ansioso. Seguramente cuando oyeran hablar a Emilia y supieran de sus éxitos escolares se sentirían muy animados, porque la hipoacusia que enfrentaba era muy semejante a la de ella.

A Emilia le chocaba que la presentaran como la estrellita marinera, aunque su mamá le había explicado mil veces lo agradecidos que se sintieron ellos cuando una familia les mostró que con los auxiliares podría escuchar lo suficiente para aprender a hablar.

Veinte minutos y cuarenta preguntas después, los papás del niño dieron las gracias y se marcharon. Entonces llegó Jaime y explicó una vez más que los lentes eran necesarios.

A Emilia le bastó una mirada para que su mamá entendiera lo que sentía. Alma fue al grano:

—Te agradezco mucho que la hayas examinado. Por favor, mándaselos hacer de contacto.

Una vez más Emilia confirmó que su mamá era un cómplice perfecto; sin embargo, Jaime parecía empeñado en aguarle la fiesta.

—Tienes que usar anteojos por lo menos un año, antes de que pueda prescribirte de contacto.

Ante lo inevitable, Alma actuaba con rapidez: la llevó frente a la vitrina donde estaban los armazones, eligió diez, le probó cinco y dejó tres para que Emilia tomara la decisión. A la niña le parecieron horribles, así que escogió los menos pesados.

Hicieron en silencio el camino a la escuela. Alma sabía que no se podía permitir frases como "Ya verás que bonita te ves…", así que sólo dijo:

—Lo siento.

Emilia llegó al colegio después del recreo, pensando que todo lo malo que podía sucederle ese día le había pasado en la mañana. Fue directamente al salón de arte, donde esperaba hallar a los únicos dos amigos a quienes podía contar su enojo, pero no los encontró. Andrea estaba en la dirección, castigada por respondona y Diego no estaba allí, ni en ningún lugar conocido, como Emilia comprobaría, con angustia creciente, ese larguísimo día.

Diego se había levantado en el último minuto permitido y, como todas las mañanas, desayunó mal y deprisa. Apenas se despidió de su mamá con un beso volado y emprendió el camino a la escuela. Sin embargo, no llegó. Nadie le dio importancia a su ausencia; en la escuela, sus maestros y compañeros pensaron que debía estar enfermo o se había quedado dormido. Su mamá creyó que estaba en el colegio. El único que pasó la mañana inquieto por él fue don Germán, el dueño del kiosco de periódicos que estaba en la esquina de la escuela. En la mañana, temprano, muchos niños se detenían a comprar dulces en su puesto, mientras los papás revisaban los titulares de los diarios.

Diego no compraba nada; sin embargo, todas las mañanas, aunque fuera retrasado a la escuela, platicaba cinco minutos con don Germán. Su amistad era muy vieja y se había tejido lenta y consistentemente. Los dos eran aficionados al futbol. Al principio sólo comentaban las noticias deportivas o la reseña de algún partido; otros días don Germán le leía alguna entrevista con sus jugadores favoritos. Una tarde, cuando Diego iniciaba el tercero de primaria y su maestra y su mamá se habían convencido de que el niño nunca aprendería a leer de corrido, don Germán le regaló una historieta con la biografía de Pelé.

Dos días después le preguntó qué le había parecido y, por sus comentarios, dedujo que había observado con detenimiento cada viñeta del libro y supo extraer toda la información que contenían.

—Se ve que eres un gran lector —le dijo con una admiración sincera que desconcertó a Diego.

—En realidad no sé leer bien —contestó el niño apesadumbrado.

—Sí sabes, Diego. Leer es descifrar y tú eres muy listo para leer las imágenes.

—Pero las letras no; puedo deletrear, pero no leer de corrido.

En dosis de quince minutos cada día, don Germán le demostró a Diego sus capacidades y lo curó de la desconfianza que le impedía ser un buen lector.

El primer libro que leyó completo fue *Pelé, el magnífico*. Después, don Germán le empezó a prestar historias de piratas y de aventuras que atesoraba desde su infancia.

Esa mañana don Germán le había preparado a su amigo una sorpresa extraordinaria. Era su novela predilecta y esperó casi tres años hasta estar seguro de que Diego estaba listo para embarcarse en esa aventura. Ya le había dado algunos avances para estimular su interés.

Lo vio venir desde la otra esquina de la calle y Diego levantó la mano en un saludo alegre. Don Germán contestó al gesto y entró en el puesto de periódicos para buscar la novela que quería entregarle. No pudo haber tardado más de quince segundos en entrar, tomar el libro del fondo de su morral, ponerle llave al cajón de los dineros, como hacía siempre que iba a distraerse un buen rato, y salir. Lo buscó con la mirada, pero ya no estaba. Esperó un minuto pensando que a lo mejor Diego había entrado a la panadería, aguardó un poco más, le dio tres veces la vuelta al kiosco, miró hacia la otra calle, en dirección a la entrada del colegio, pensando lo impensable, que Diego había pasado por el puesto sin detenerse a hablar con él; pero no, no se veía en la entrada de la escuela…

Se distrajo un poco con los clientes que a esa hora compraban los diarios. Cada día había un escándalo nuevo en las primeras planas. Cuando se fueron, el viejo se sentó a cavilar.

A lo largo de esa mañana, don Germán hizo varias veces la prueba: cronometró con cuidado cuántos segundos podía haberse tardado en buscar la novela para Diego. Si lo hacía muy rápido, doce, si iba en cámara lenta, diecinueve. Ese tiempo no bastaba para que alguien desapareciera.

Cuando dio la una de la tarde, puntualmente, el tránsito empezó a hacerse denso y pesado. Llegó el camión repartidor de los periódicos vespertinos, la camioneta que distribuía las revistas que salen los jueves. Doña Lucía, conserje de la escuela, vino a recoger la revista de manualidades en la que ofrecían la segunda parte de las instrucciones del mantel que estaba bordando. Ella fue la primera a quien le preguntó por Diego.

—Ahora que lo pienso, don Germán, me parece que hoy no llegó a la escuela.

A las dos de la tarde espió la salida de los de secundaria. Unos venían en grupo, otros pasaban corriendo y apenas se detenían a contestarle:

—No vino.

Emilia se encaminó directamente a él.

—Don Germán, hoy faltó Diego, ¿sabe usted si está enfermo?

El viejo le contó a la niña cómo lo vio venir y esfumarse.

Emilia especuló:

—¿Y si se sintió mal y tuvo que regresar a su casa de emergencia?

—Puede ser —dijo el vendedor de periódicos, aunque no se oía del todo convencido.

Emilia esperó en esa esquina a sus hermanas, que venían de la secundaria situada tres calles más arriba. Luego, juntas, caminaron hasta la casa.

Mara e Inés le preguntaron cómo le había ido con la doctora y, cuando Emilia les iba a explicar el asunto de los lentes y el enigma de Diego, se cruzó en su camino el Premio, el chico más guapo del mundo y sus orillas, el galardón que todas deseaban. Una sonrisita bastó para que Mara e Inés se volvieran sordas a las preocupaciones de su hermana menor.

En cuanto llegó a la casa, Emilia marcó el teléfono y le pasó el auricular a su hermana.

—Por favor, pregunta si está Diego.

Inés contó siete timbrazos.

—No hay nadie, no contestan. Si quieres, lo intentamos después de comer.

El menú preferido de Emilia era el de los jueves. Había caldo de gallina, albóndigas, frijoles y, de postre, natillas. Probó con gusto la sopa y fue hasta la tercera cucharada cuando notó un gran agujero en el estómago, que le dolía como una ausencia. El caldo no le cayó bien.

Ya en el postre, Alma les anunció a todos que Emilia usaría lentes a partir del lunes.

Alfredo se quitó sus anteojos y los limpió morosamente mientras miraba a su hija Emilia, como disculpándose:

—Nadie es responsable de lo que hereda a sus hijos. Lo siento cariño...

—También le tocaron tu capacidad de observar y tus dotes de actor —argumentó Alma.

—Y es la única que sacó tus pestañas —subrayó envidiosa Mara—; así que estamos a mano.

—Esto de la genética estaría mejor organizado si cada quien heredara sobre pedido —siguió cavilando Alfredo—. ¿Qué tal si al llegar a los dieciocho pudiéramos decir: ya me harté de mi nariz, quisiera la de Inés, o mi memoria no es suficiente, necesito la de Alma… ¿Qué pediría cada una de ustedes?

Inés seguro ya lo había pensado, porque contestó enseguida:

—A mí me encantarían las piernas de mi mamá, el color de tu pelo, las calificaciones de Mara y la paciencia de Emilia.

Cuando Alfredo proponía este tipo de juegos, la sobremesa se alargaba. Él quería provocar la participación de Emilia porque la veía cabizbaja, silenciosa.

El teléfono interrumpió el juego, antes de que realmente se iniciara. Contestó Mara; debía ser el Premio, se notaba en su sonrisa. Se encerró en la recámara de sus papás para que nadie escuchara su conversación.

Inés se levantó a lavar los platos. Emilia fue la única que reparó en esa conducta inusual. Normalmente su hermana necesitaba que le recordaran por lo menos seis veces que era jueves y le tocaba la cocina.

A Emilia la impacientaba la llamada del Premio; quién sabe cuánto duraría y a ella le urgía comunicarse a casa de Diego. Apenas cuatro horas antes, la miopía era la tragedia de su vida y los lentes el más horroroso futuro. Ahora, perdían toda relevancia ante la desaparición de Diego y las preguntas que el miedo no la dejaba formular. Se dispuso a enfrentar la tarea: dibujar unas amibas para biología. Era una suerte, pues al iluminar el citoplasma y pintar el núcleo, podía pensar en sus amigos.

¿Adónde y con quién se fue su amigo? Últimamente le había dado por decir cosas a medias y formular preguntas misteriosas:

—¿Qué harías si, de repente, conocieras a alguien que te interesa mucho, pero de quien no puedes hablar con nadie?

La pregunta de Diego flotaba en el aire mientras ella dibujaba los mil pelitos con los que respira cada amiba…

"Diego está rarísimo —dictaminó Emilia para sí—. Y Andrea, enojada, en guardia, siempre a punto de estallar… Quién sabe qué le habrá contestado a la maestra de música que la mandaron derechito a la dirección… Es la tercera vez en esta semana… Seguramente la directora la acusó con su mamá… Ya me imagino el castigo que le habrán puesto en su casa…"

Cuando terminó de iluminar amibas, Inés había acabado de enjuagar los sartenes, así que Emilia se ofreció a secarlos porque quería pedirle un favor. Primero le contó de la desaparición de Diego y luego le pidió que, si algún día Mara y el Premio terminaban de hablar, le hiciera el favor de marcar su número y averiguar por qué no fue a la escuela.

Para Emilia era muy complicado usar el teléfono; la bocina provocaba estática en el aparato auditivo. Algunas veces su mamá la ayudaba, explicándole el mensaje de su interlocutor y repitiendo al otro su respuesta, como en el juego del teléfono descompuesto. Prefería chatear con sus amigos por la computadora a tener que hablar a través de intermediarios.

A Inés le encantó el pretexto para interrumpir la larga conversación de Mara y el Premio, que ya llevaban más de cuarenta minutos platicando, pero Mara no le dio ese gusto, colgó el teléfono justo cuando Inés abrió la puerta de la recámara. En ese momento sonó una llamada, era Elisa Castillo, la mamá de Diego. Emilia hubiera querido ahorrarse las explicaciones y que Inés fingiera ser ella, pero su hermana se le adelantó:

—Emilia no puede contestar el teléfono porque no oye bien; pero si me da el recado yo puedo servirle de puente en la llamada —escuchó atenta unos segundos y dijo—: La mamá de Diego está muy preocupada porque su hijo no ha regresado de la escuela. Quiere saber a qué hora salieron.

—Explícale lo que te conté.

Inés lo narró apegándose a la versión de Emilia.

Del otro lado de la línea, Elisa se oía conmocionada; su voz se iba adelgazando, parecía a punto de romperse en lágrimas.

—Dile que si quiere hablar con don Germán, debe apurarse, porque él cierra su puesto a las cinco y media en punto, insistió Emilia.

En eso, Inés oyó un ruido que no pudo identificar y la voz de Elisa pidiéndole que esperara. Un largo minuto y un murmullo indescifrable; después oyó:

—Acaba de llegar Diego. Les agradezco mucho su ayuda y perdonen la molestia.

Fue un gran alivio saber que Diego ya estaba en su casa; sin embargo, Emilia había acumulado una lista enorme de preguntas para su amigo. Las ordenó y las guardó en la memoria para planteárselas al día siguiente, a la hora del recreo.

El viernes, Emilia no vio a sus amigos al llegar a la escuela y más le hubiera valido tampoco encontrarlos en el recreo.

Al salir al patio distinguió a Diego en la cola de la cooperativa, donde la conserje vendía unos deliciosos sándwiches de frijol, que ella misma preparaba. Corrió a buscarlo con cinco preguntas en la punta de la lengua, pero no alcanzó a pronunciar ni una.

—¡Qué metiche! ¿Por qué tenías que irle a mi mamá con el chisme? Si no hubiera sido por eso, jamás se habría enterado de que no vine a la escuela.

—No fue chisme —se defendió Emilia—. Estaba preocupada por ti. Don Germán me contó cómo te esfumaste a media cuadra y a los dos nos entró pánico de que te hubieran secuestrado.

—Pues los dos son iguales, se meten en donde no los llaman.

Diego pagó su sándwich y no esperó a que atendieran a su amiga; se fue hacia el grupo de Los Seis Gandules, adonde Emilia no lo podía seguir. En ese selecto club no se admitían niñas.

Se paseó sola y desconcertada mientras comía su almuerzo. Diego era su amigo desde que entró a esa escuela, en tercero de primaria, y nunca habían tenido un desencuentro de ese tamaño. Además, ni siquiera le dio tiempo para explicarle… Ella no era metiche; es más, nunca le hablaba por teléfono a su casa… No tenía la culpa de los líos en los que andaba Diego… ¿Por qué no valoraba que se preocuparan por él? Hasta don Germán había salido raspado.

A la quinta vuelta alrededor del patio, vio a Andrea y a su mamá salir de la dirección. Muy tiesa y trajeada, la señora se despidió de la señorita Berta, arregló el moño de las trenzas de su hija y se marchó con ese aire marcial que tanto llamaba la atención de Emilia. Daba pasitos cortos, exactos y rapidísimos, sobre los tacones altos, altos, de sus zapatos chiquitos, chiquitos.

En cuanto su amiga se quedó sola, se acercó a ella.

—¿Por qué te castigaron? ¿Qué pasó ayer?

—Nada que te importe —fue la respuesta que le golpeó en el rostro con una violencia inesperada.

—¿Estás enojada conmigo? ¿Qué te hice?

—Nada, tú eres una niña buena. No le haces mal a nadie y no debes estar conmigo que soy la peor de todas, así que órale, sácate, vete con tus iguales. Mira, al fondo están los ángeles sin alas. Allá estarás mejor.

Andrea se fue, dejando a Emilia con la boca abierta, el estómago hecho nudo y el corazón lastimado. Sonó la chicharra que anunciaba el fin del recreo y el principio de la clase de biología. Desde que entraron a primero de secundaria, hacía justamente un mes, el alfabeto la separó de sus mejores amigos. Su apellido empezaba con M y los de Diego y Andrea con C. Esa simple diferencia la condenó a primero B. Ahora, sólo se veían en los recesos, en educación física y en el club de pintura al que se inscribieron los tres.

Sólo el hábito arraigadísimo de poner atención hizo que Emilia se enterara de lo que el maestro decía sobre los bichitos microscópicos llamados amibas, que dibujó con precisión la tarde anterior. Al ingresar a la primaria, Emilia descubrió que para ella no había medias tintas: o se concentraba en las palabras del maestro o lo perdía todo. No podía, como sus compañeros, pescar ideas al vuelo.

Su mamá y su maestra de lenguaje le enseñaron a leer antes de entrar al colegio y, junto con la maestra de tercero, armaron una estrategia muy eficaz que Emilia utilizaba en cada curso: preparaban por adelantado cada clase, para que la niña llegara a la escuela conociendo de antemano los conceptos y palabras nuevas que incluiría la lección. Se necesitaba disciplina, pero eso le había exigido la vida desde los nueve meses de edad, cuando descubrieron que no balbuceaba porque no oía bien.

Ella hubiera querido ser menos matadita en la escuela, más mal portada. Ser audaz, segura y directa, como Andrea. No le faltaban ganas de participar en el relajo en el salón. Sin embargo, su sordera no se lo permitía. No era capaz de distinguir las palabras cuando todos gritaban al mismo tiempo. El ruido bloqueaba los sonidos. Si todos hablaban, no sabía qué labios ver y la invadía una sensación de ansiedad insoportable. Por eso, cuando se armaba en grande, la confusión la expulsaba al corredor.

A Emilia le intrigaba por qué Andrea estaba tan enojada con ella, así que a la salida buscó a Margarita, que estaba en primero A, y le preguntó directo:

—¿Por qué castigaron ayer a Andrea?

—Es que le gritó a la maestra de español. Le dijo que era injusta o algo así.

A la salida, Emilia caminó lentamente hasta la esquina donde se encontraría con sus hermanas. En parte, porque se sentía triste, desanimada y sin fuerzas, y en parte porque quería darle tiempo a Diego o a Andrea para que la alcanzaran corriendo y le dijeran algo como: ¿te lo creíste, verdad? ¡Era broma!

La sacó de su ensimismamiento la voz cálida y grave de don Germán.

—¿Qué le pasa a nuestro amigo Diego?

—Eso quisiera yo saber. Está furioso porque le conté a su mamá que había desaparecido de repente.

—Conmigo también está muy molesto. Hoy casi ni se detuvo en el puesto. Le tenía reservada esta novela y me salió con que va a estar muy ocupado y no tendrá tiempo de leer.

Había tal decepción en la voz de don Germán que Emilia se interesó en el libro para cambiar de tema.

—Ya había oído hablar de *El conde de Montecristo*. A mi papá le encantó. ¿Me lo podría prestar a mí mientras Diego se desocupa?

—Son dos tomos —le mostró don Germán—. Cuando termines el primero te presto el segundo, así le damos tiempo al tiempo.

"Y también a Diego", pensó Emilia.

Mara e Inés se tardaban, así que tuvieron tiempo de platicar. Emilia había visto en la televisión una versión de la novela, la recordaba muy bien. Don Germán aprovechó para contarle algunos pasajes que no estaban en la película y eso sirvió de gancho para interesarla más.

Después de un buen rato de plática, don Germán la miró con curiosidad.

—Y tú, ¿de dónde eres?

—¿De dónde voy a ser?, ¡de aquí!

—Tu acento es diferente, como alemán.

—Ah —sonrió paciente Emilia—, es mi r. Hablo así porque no oigo bien.

—Yo pensaba que todos los sordos eran mudos. ¿Cómo es que tú hablas?

La niña iba a empezar su explicación cuando la voz irritada de Mara contestó a su espalda.

—Le enseñaron con mucha paciencia.

—Y aprendió porque es muy inteligente —completó Inés echando bronca.

Emilia se apenó. El interés de su amigo no se merecía esa respuesta.

—Otro día le cuento, don Germán, y muchas gracias por el libro. Nos vemos el lunes.

Su despedida se alargaba como una disculpa por el exabrupto de sus hermanas, que ya seguían su camino.

Cuando las alcanzó, veinte metros adelante, se habían sincronizado en uno de esos diálogos en los que enumeraban sus quejas por turnos; no podía leer sus palabras cuando hablaban de perfil, así que dejó de ponerles atención pensando que, en realidad, y aunque dijeran lo contrario, ninguna de sus hermanas se sentía cómoda con su sordera. Si les pareciera normal, no se ofenderían por la pregunta y contestarían sin problema, como cuando alguien averigua el nombre de una calle. Para Mara, observaba Emilia, era importantísimo que todos reconocieran que su hermanita era "normal". "Aprendió a hablar, a leer y escribir, y con sus aparatos oye todo." Era la explicación que daba a sus amigas, y que ella misma quería creer.

Inés, por el contrario, la veía como alguien especial, que debía ser reconocida como extraordinaria porque había aprendido a pesar de no oír. Como si por eso fuera más lista.

Ninguna de las dos podía entender que Emilia nada más era diferente. No era igual que las otras, como pretendía Mara y tampoco era mejor, como suponía Inés para ocultar su miedo de que alguien la considerara menos. Simplemente era distinta.

Emilia lo aprendió de Tere, su maestra cuando era pequeña, que también era sorda. Fue en esa época cuando la niña empezó a percibir que algo la distinguía y separaba de sus hermanas. Primero creyó que de alguna manera le hacían trampa, sabían algo que ella ignoraba, compartían un truco indescifrable. Le llevaría varios años de mucho esfuerzo adueñarse del código secreto, del lenguaje que los demás habían asimilado casi sin sentir.

Tere lo explicó con una sola frase:

—Eres distinta, Emilia. Todos somos diferentes y nadie es perfecto.

Le dio muchas vueltas a esa frase. Cuando lo platicó con su papá, él recordó un cuento que leyó en un libro tiempo atrás: *El club de los más, más.*

Se trataba de una asociación muy exclusiva. Sus miembros contaban entre lo más selecto de la sociedad y para ser admitido el requisito indispensable era ser "más". Se reunían allí los más altos de los chaparros y los más chaparros de los altos, los más gordos de los flacos y los más flacos de los gordos, los más tontos de los listos y los más listos de los tontos, los más bonitos de los feos y los más feos de los bonitos. La lista se alargaba un poco cada vez que Alfredo lo contaba y las tres niñas contribuían con nuevas categorías para los socios del club.

En las reuniones anuales de esta agrupación, en las que no podía faltar ninguno de los agremiados, se organizaba un concurso muy importante. Quien lo ganaba se hacía acreedor a un enorme trofeo que llevaba cincuenta años adornando el gran salón, en espera de alguien capaz de resolver el enigma. Se trataba de distinguir quién era el más alto de los chaparros y quién el más chaparro de los altos. Dónde estaba el más gordo de los flacos y dónde el más flaco de los gordos…

Ese juego marcó su infancia. Antes de entrar en la casa, Emilia les preguntó a sus hermanas:

—¿Se acuerdan del club de los más, más?

Un largo fin de semana

Diego llegó a su casa, tiró la mochila sobre el sillón de la sala y fue directo al refrigerador. Su mamá había dejado listos un plato de sopa de chícharos, ensalada, carne en salsa y dulce de pera. Calentó su comida en el microondas y la sirvió. Verla junta le dio un asco horrible: todo era verde. Buscó en la despensa algo de botana, se sirvió un refresco y encendió la tele.

Los viernes su mamá llegaba ya noche; eran tardes saturadas en la oficina donde trabajaba y no podía salir a tiempo para comer con él. De ahí, se iba a su clase en la universidad; Elisa estudiaba las tres materias que le faltaban para recibirse de socióloga.

Lo único bueno de los viernes era que, al día siguiente disponían de veinticuatro horas seguidas para pasársela bien y hacer cosas divertidas. Eso era algo que ella siempre respetó. "Los sábados son de mi hijo", anunciaba a los cuatro vientos.

"Bueno —pensó Diego—, eso es un decir." Últimamente siempre invita a Saúl y eso es una gran diferencia. Una cosa es ir a patinar, andar en bici o ir a la feria juntos, y otra muy distinta que mi mamá se siente con su galán en una banca del parque a mirarse a los ojos mientras yo patino, ando en bicicleta o me subo a los juegos de la feria solo. Nada es lo mismo.

Cuando Diego ya veía estrellitas de tantas horas de televisión, después de nueve crímenes, seis persecuciones, ochenta y cuatro anuncios y siete expulsiones del concursante más débil, llegó Elisa.

Mientras preparaban la cena, le dio la noticia:

—Saúl está enfermo, con una gripa ho-rro-ro-sa, así que mañana iremos solos de paseo.

Elisa lo dijo con cierta tristeza, pero la sonrisa de Diego iluminó el comedor.

—¿Quieres invitar a alguno de tus amigos? —preguntó su mamá.

Diego pensó en sus amigos: Alonso y Javier tenían de visita a sus primos y su mamá no iba a querer cargar con toda la bola, Beto era malísimo para los patines. Se acordó de Emilia y sintió un gusanito paseando en espiral en el centro de su estómago. Le señalaba algo pendiente, le debía una disculpa... Pero ¿quién a quién? "De veras que Emilia se pasó. ¿Por qué tenía que irle a mi mamá con el chisme?" ¿Y si en verdad lo había hecho por preocupona? Esa historia del secuestro era una payasada, ¿cómo se les ocurrió? No, no iba a hablarle, aún no. A Andrea menos, porque seguro estaba archicastigada.

—Mejor vamos solos —contestó.

El sábado amaneció radiante. Diego y Elisa salieron temprano, cruzaron la ciudad hasta llegar al lago y le dieron más de diez vueltas en patines. Cuando por fin se los quitaron, para ir a comer, se sentían como astronautas caminando en un ambiente sin gravedad. Luego fueron al zoológico a ver a los osos grises, los preferidos de su mamá. Él aceptó, a cambio visitar a los mandriles que le daban asco a ella y a Diego lo hacían reír. Regresaron en autobús y, al bajarse en la parada más cercana a su casa, vieron que en el cine del barrio exhibían, por fin, la película sobre el libro de duendes que leyeron juntos el año anterior. Compraron unas palomitas y un refresco y, con todo y patines, se metieron a verla. La película les encantó, aunque Elisa insistía en que el protagonista era mucho más guapo en la novela.

Con el buen humor de lo compartido, emprendieron el camino a casa.

El domingo amanecieron discutiendo la genealogía de los *hobbits*. Dedicaron el día completo a organizarse: fueron al mercado, cocinaron juntos y guardaron los platillos en tarros con etiquetas para cada día.

Los mejores amigos de Elisa y sus tres hijos los convidaron a comer. Diego jugó *playstation* y tres entradas de beisbol de verdad; a las seis se despidieron porque aún debían lavar y secar la ropa de la semana. La doblaron caliente, para no tener que plancharla y la guardaron en los cajones.

—¡Misión cumplida! —suspiró Elisa.

Diego doblaba su camisa azul, la que había usado la mañana en que desapareció. Se quedó mirándola, aún satisfecho por el paseo del sábado y por el magnífico domingo. Sintió otra vez un piquetito en el estómago. Inmóvil, imaginó: "¿Qué pensaría mi mamá si se enterara dónde y con quién estuve el jueves?"

El fin de semana de Andrea no fue tan terso. Su mamá decidió domarla y ella supo que no podía permitirlo. "¡Antes muerta!", se dijo. Así, cada detalle, por insignificante que fuera, se convirtió en espacio de conflicto en el área donde jugarían vencidas. Cada una llevaba su propia cuenta y medía al adversario empeñada en no darle tregua.

La casa entera se impregnó de esa tensión.

—Todo está tirante, menos mi papá —observó Andrea—. ¿En cuál de las capas de la estratósfera habita? ¿Cómo puede seguir leyendo su periódico sin tomar partido?

Andrea no sabía hacia cuál de sus padres era peor su resentimiento, si hacia su mamá, que quería dominarla a toda costa, o por lo menos así lo sentía ella, o con él, que no percibía nada, que pasaba a su lado y le hacía cariñitos distraídos en la coronilla, incapaz de defenderla.

El sábado, la primera discusión de Andrea y su mamá fue por la colcha; Andrea tendió la cama a la perfección, como la madre había ordenado, aunque puso el sobrecama al revés, "porque de esta manera no se ven esos encajitos cursis que le pegaste", el siguiente *round* lo ganó su mamá, que la obligó a sacar la basura, lavar los platos y asear el baño, "en el momento, punto y hora en que te lo estoy mandando".

Por la tarde hubo visitas y Andrea aprovechó el auditorio para hacer su entrada triunfal en la sala enfundada en sus vaqueros más viejos, los pelos parados con gelatina verde y las uñas pintadas de negro.

En la noche tuvo que escribir mil veces "no debo retar a mi mamá en público". Antes de terminar, preguntó irónica:

—¿Esto quiere decir que en privado sí?

El domingo de Andrea amaneció en silencio; ocupada en la cocina, su mamá se olvidó del enojo y tarareó una canción. Llevaría el platillo principal a la reunión que tendrían más tarde.

Andrea se lavó el pelo tres veces hasta que se disolvió la gelatina verde y se vistió "correctamente", dispuesta a asistir a la comida porque se divertía con Petra Taka, una niña muy simpática, líder de la banda de sus cinco hermanas menores, sus cómplices e imitadoras.

"Si el enemigo me da una tregua, la aceptaré", decidió, cansada de pelear con su mamá.

Sin embargo, cuando faltaban sólo tres minutos para el mediodía, su mamá advirtió:

—Nos vamos a las doce en punto, si no estás lista, tendrás que caminar tres kilómetros hasta la fiesta.

Ese anuncio y el tono retador de su voz bastaron para que Andrea respondiera:

—Me voy a las doce y cinco. ¡No me asusta caminar!

Por supuesto, su mamá no la esperó.

Andrea inició la marcha al evaporarse la nube de polvo que levantó la camioneta cuando arrancó. Caminaba a grandes zancadas, con el ritmo firme y pesado de la ira. La mañana era azul, soleada; habían iniciado las lluvias de mayo y todo a su alrededor empezaba a verdear; en unas cuantas semanas, la orilla de la carretera estaría cubierta de flores silvestres. Los tallos ya estaban crecidos y, si se fijaba bien, se podían ver los mínimos brotes que inundarían de color sus viajes a la escuela. Andrea adoptó un andar más suave, acompasado. Recordó con nostalgia aquellos tiempos en que su mamá disfrutaba esa época del año y recorrían platicando el trayecto a la escuela.

Se acercaba a una curva junto a la barranca; allí el camino se hacía estrecho hasta quedar casi sin cuneta. Andrea aminoró el paso; lo primero que sintió, de golpe, fue la ráfaga de aire que la empujaba y, casi al mismo tiempo, oyó el rugido del camión que pasó rozándola a gran velocidad. El miedo se le concentró en las rodillas.

Cuando asfaltaron la carretera, se amplió el espacio para los vehículos a costa del de los peatones. Vio una cruz en el camino. Allí, a veinte metros de donde estuvo a punto de atropellarla el camión, alguien había sido arrollado. Leyó las fechas de nacimiento y muerte, eran las de un hombre de la edad exacta de su papá; habían pasado sólo ocho meses desde el accidente.

Andrea trataba de recuperar el paso; la cuesta empinada la hacía sudar. Decidió alejarse de la carretera, no debía exponerse, los coches iban a gran velocidad. Había huecos de tuzas, charcos, matorrales y muchos desperdicios. Cuánta gente tiraba allí botellas de refrescos, frascos de yogur, bolsas de plástico; había hasta pañales desechables, una caja de malteada de chocolate, bolsas de papas, churritos y una amplísima gama de envolturas de comida.

Andrea se imaginó una fila larguísima de coches a gran velocidad. Los brazos de los niños se asomaban por las ventanas tirando hacia ella envases, empaques, papeles, uno tras otro, como si ella fuera un pato del tiro al blanco. Se prometió que nunca iba a arrojar basura en la carretera.

Llegó al kilómetro cuarenta y siete, aún faltaba uno y ya sentía la blusa pegada y húmeda de sudor. Era un hecho que ni cuando quería ir arreglada a las fiestas de su mamá, lo lograba. Imaginó la mueca de reprobación con la que la recibiría, urdió su respuesta irónica, pateó con fuerza una lata de refresco.

Andrea no alcanzaba a comprender que la relación con su mamá era igual que ese camino. Pudo ser hermoso y llenarse de flores. Debieron disfrutarlo, con sus cuestas empinadas y sus tramos llanos. Lamentablemente optaron por ensuciarlo hasta hacerlo intransitable, no podían dar un paso sin tropezarse. Las dos eran culpables, una y otra se tiraban basura hasta el cansancio.

"¿Quién empezó esta pelea? ¿Cuándo?", se preguntó Andrea.

Conocía muy bien la respuesta. El malhumor y la violencia se fueron acumulando, quizá durante años. No obstante, recordaba con exactitud la fecha de la declaración de guerra: la última tarde de las vacaciones de tía Matilde. Fue el 11 de octubre del año anterior; hizo las cuentas una y otra vez, notó una coincidencia muy extraña, pues era la misma fecha en que su papá se atrincheró en el periódico y decidió no hablar más.

El sábado, en la casa de Emilia, se cocinó a fuego lento un complicado malentendido.

Mara e Inés habían sido invitadas a una fiesta de cumpleaños; eran los quince años de Blanca Rosa. En los pasillos de la secundaria resonaban críticas del tipo: "va a bailar un vals, ¡qué cursi!", "¡y con damas y chambelanes!", "¡se vestirá como novia de pastel!", etc. Sin embargo, era un hecho que nadie se iba a perder ese acontecimiento.

—Su papá y yo iremos al cine y luego a cenar con unos amigos

—explicó Alma—, así que estaremos libres a la una y media para recogerlas. Si por alguna razón, cualquiera de las tres se quiere salir antes, nos llaman.

Las hermanas cruzaron miradas de pánico.

Emilia fue la primera en hablar:

—No quiero ir al baile.

Alma vio la expresión de sus hijas mayores, Mara pretendió explicar:

—No invitaron a menores de catorce años.

Al comprobar que el marcador era tres contra una, Alma dijo:

—Voy a pensarlo.

Entonces, se empezó a tramar uno de esos enredos que no se desbaratan fácilmente.

Las cuatro preparaban unos adornos para una despedida de soltera que le había encargado a Alma una de las clientas de la papelería. Emilia disfrutaba las tareas en que las manos ocupadas permitían a la mente vagar sin rumbo; pensó en lo que llevaba leído del libro que le prestó don Germán. Allí también se organizaba una boda, Edmundo Dantés y su guapa catalana se dirigían al banquete de su casamiento y la alegría de la novia era franca y retadora. Una felicidad así de desbordante sólo la había visto en su amiga Andrea cuando algo la contentaba, y los únicos ojos tan negros como los del protagonista eran los de Diego. Recordar a sus amigos la hizo revivir la escena del viernes, cuando los dos le reclamaron con ira, y otra vez la mordió su propio enojo.

Alma observó intrigada la expresión de resentimiento de Emilia y urdió una novela. Le dio por pensar que el gesto de Emilia se debía a que sus hermanas la hacían a un lado y, todavía más, que a ellas no les gustaba incluirla en los planes con sus amigas por vergüenza de su sordera. La indignaba pensar que Emilia se había dado cuenta y por eso no quería ir a la fiesta. ¡De ninguna manera iba a permitir que discriminaran así a su hermana!

—O van las tres o no irá ninguna —dictaminó en voz alta.

Mara, a quien sorprendió el tono resuelto y decidido de su mamá, imaginó: "ya olió que va el Premio y me quiere imponer a Emilia de chaperón porque ya sabe que, para estas cosas, Inés es mi cómplice".

Inés descubrió el cruce de miradas entre Mara y su mamá; supuso que estaban armando un complot para que ella no pudiera girar toda la noche como le encantaba hacerlo. A su mamá le preocupaba, ya se lo había dicho, que "por bailar con todo el mundo terminara haciendo fama de coqueta". "Si va Emilia —pensó— no puedo dejarla sola en la mesa todo el tiempo, me tendré que turnar con Mara para salir a la pista."

Emilia, muy quitada de la pena, terminó de adornar su charola, se lavó las manos y se fue a la sala donde se pasó la tarde leyendo *El conde de Montecristo*.

En una recámara, sus hermanas discutían; en la otra sus papás cuchicheaban. Emilia no oyó el timbre de la puerta cuando llegaron a recoger los adornos, ni a su mamá salir a entregarlos. Alma la vio ensimismada y le acarició el pelo, Emilia suspiró:

—¡Qué injusta es la vida algunas veces!

Se refería a las traiciones de las que era víctima Edmundo Dantés, a la forma trágica en la que había terminado el día de su boda, pero Alma se equivocó de drama.

—¿Cómo pueden ser tan insensibles con su hermana? —tronó al entrar en la recámara donde sus hijas mayores se maquillaban para el baile.

Concentrada en la lectura, Emilia no se dio cuenta de la

tormenta hasta media hora más tarde, cuando su papá le trajo sus aparatos y le urgió a ponérselos. Entonces lo oyó:

—No se vale seguir discutiendo sobre ella, sin ella —decía Alfredo y, dirigiéndose directamente a Emilia, le quitó el libro de las manos y le preguntó.

—¿Por qué no quieres ir a la fiesta de esta noche?

Emilia tenía razones clarísimas:

—Uno, cuando hay sonido electrónico mis aparatos se saturan y el ruido me duele muchísimo. Dos, no conozco a Blanca Rosa. Tres, el ruido me duele. Cuatro: ninguno de mis amigos va a ir. Cinco, el ruido me duele. Seis, estoy picadísima con *El conde de Montecristo*.

Sus papás y sus hermanas se miraron con un mismo pensamiento en la cabeza: "¡Por allí hubiéramos empezado!"

Alma concedió:

—Está bien, Emilia, quédate. Le pediré a doña Luisa que suba a cenar contigo. Si se te ofrece algo, me puedes mandar un mensaje al celular.

Cuando se marcharon, Emilia pudo, por fin, pensar con calma en lo que a ella le molestaba de todo ese pleito. Para su mamá, y a veces también para sus hermanas, el problema central era cómo se sentían ellas con su sordera; al menor pretexto lo convertían en el origen y la causa de todos los males. ¿No podían pensar en otra cosa?

Como no se le ocurrió la manera de resolver la cuestión,

continuó con la historia de Edmundo Dantés hasta que la interrumpió doña Luisa. Le trajo unos bizcochos riquísimos y se sentaron en la mesa de la cocina a hilar una plática, tan sabrosa como la cena, sobre los hábitos y costumbres de todos los inquilinos y, especialmente, de la gata Samanta, que era el interés que unía a Emilia con la portera. Antes de despedirse, doña Luisa le contó que su sobrina iba a venir a pasar una temporada con ella.

—Es de la edad de Inés, va a cumplir dieciséis, pero con quien se va a entender es contigo. Ella también está malita de sus oídos —le aclaró.

—Yo no estoy "malita" —respondió con buen humor—, no-más un poco sorda.

Eran las once cuando Emilia se fue a acostar con la novela en las manos. A las cuatro páginas se soñaba mecida en las olas. Cuando regresó su mamá, se acercó a darle un beso, apagó la luz de su buró y recogió de su almohada el libro abierto en la página ciento cincuenta.

El domingo amaneció silencioso. Emilia vagó por la casa y observó los rastros de cansancio desvelado que sus hermanas y sus papás dejaron a su paso por la sala y el comedor. Allí estaban los zapatos de Inés; seguro regresó con los pies hinchados de tanto bailar, porque se los quitó en la puerta de la casa; estaban sucios y con un tacón medio torcido. En cambio Mara se dio tiempo de colgar su vestido y colocar en un marco la foto que esa noche le tomaron junto a su galán.

Seguramente dormirían hasta tarde; como Emilia no estaba dispuesta a andar de puntitas para cuidarles el sueño, se puso unos *pants* y se fue a leer a la azotea del edificio. Era su lugar favorito en las mañanas claras porque podía ver con nitidez las montañas que rodeaban el valle; las construcciones del centro de la ciudad; los volcanes a lo lejos; y si se asomaba del lado derecho, a los niños que jugaban en el parque.

Desde que descubrieron que podían tender la ropa en la terraza, las vecinas no subían. Sólo Samanta y ella. Samanta, la gata de Cristina, vivía en el último piso y usaba la azotea para echarse al sol a no hacer nada con un empeño notable.

Para Emilia, el lugar tenía magia. Le gustaba sentir que, visto desde lo alto, todo se hacía pequeñito y tomaba otra dimensión. El silencio que había allí no era el impuesto por su sordera, sino uno elegido por ella, para estar en paz.

Bastó leer una página de la novela para volver a entrar en ese mundo de intrigas que el autor había logrado tejer desde el primer capítulo. Despojado de golpe de su felicidad y sus sueños y encerrado en una mazmorra, Dantés sufría un castigo inmerecido; en la oscuridad de ese ambiente húmedo, los únicos signos de vida a los que Dantés se aferraba para no volverse loco eran los ruidos.

Emilia cerró los ojos. No se había colocado sus aparatos auditivos, no alcanzaba a percibir ni el más leve sonido. El aire quieto. El mundo exterior detenido. Sólo existía el adentro. Disfrutó bucear hacia su interior; luego de un rato, tanta quietud le dio miedo y abrió los ojos. Contempló el azul sin nubes con un gran alivio, ¡cuánto habrá añorado el prisionero un trozo de cielo!

En eso apareció Cristi, en busca de su minina; la vecinita tenía apenas cinco años y un amor sofocante por los animales. Para proteger a Samanta de sus abrazos y sus apretones, le dijo:

—Por aquí no la he visto.

La niña se fue, llamando a su mascota por la escalera.

Emilia contempló a la gata, que disfrutaba de la sombra fresca, al lado del macetón donde hace años alguien sembró el hueso de un aguacate que se convirtió en una planta terca, decidida a crecer y crecer. Samanta era una siamesa sin par, con manchas grises y ojos azules, no permitía que la tocaran, paseaba por el edificio, indiferente a los vecinos y sus trajines. No obstante, a veces elegía a alguien y lo miraba con la insistencia de un cazador frente a su presa. A Emilia le provocaba fascinación esa intensidad y la hacía sospechar que, en cualquier momento, se iban a revelar sus poderes mágicos. En su imaginación, Samanta sería capaz, por ejemplo, de hacer que se iluminaran cada una de las personas que mirara con el color de sus sentimientos más profundos. Así, Cristina se matizaría con el amarillo chillón de su impaciencia, Mara y El Premio se iluminarían del mismo rojo de los adornos cursis de las tarjetas de San Valentín. Pensó en las ráfagas moradas de las tormentas de Andrea y el gris borroso y evasivo de Diego.

Parada sobre el pretil de la azotea, la gata caminó con lentitud, poniendo cuidadosa las patas una delante de la otra, como si atravesara el escenario balanceándose sobre un hilo de plata. De pronto, se quedó inmóvil frente a Emilia y la miró largamente hasta que la obligó a preguntarse: "y yo, ¿de qué color soy?"

De pronto, la minina hizo algo insólito, se acercó y se sentó en su regazo. Ella pasó su mano lenta e incansable sobre el pelaje beige, durante veinte páginas, hasta que la gata decidió que era suficiente y se marchó muy oronda. Al levantarse, la hizo tirar el libro al piso y fue cuando Emilia descubrió una tarjeta rectangular, decorada con un festón de hojas verdes, que servía de marcador. Daba la impresión de haber sido hecha a mano, quizá por don Germán, que con su caligrafía antigua escribió un mensaje dirigido, probablemente, a Diego.

Con toda claridad decía: "Lo que es, es".

Ver las palabras

Don Germán los vio llegar, cada uno por su lado.

Emilia, tras despedirse de sus hermanas, lo miró y le hizo un gesto que significaba que el libro que le prestó merecía un diez. Puntual, a instancias de su mamá, Andrea se bajó del coche y dio un portazo. Un poco más tarde, vio venir a Diego con la resolución cansina de los lunes. Lo miró detenerse frente a la panadería y volver sobre sus pasos buscando algo, justo allí, donde se perdió el jueves. Por fin, retomó el camino y se detuvo a saludarlo.

Don Germán lo abordó enseguida.

—¿Ya se te pasaron los misterios y los enojos?

—El malhumor sí, don Germán —dijo con la cara roja, dispuesto a pedir disculpas.

El viejo se la hizo fácil:

—Te mereces un jalón de orejas, pero no te las quiero hacer más grandes; de los misterios tenemos que hablar.

Diego dudó un momento y, finalmente, se decidió:

—¿Tendría un ratito en la tarde, después de que cierre?

—Tú sabes que si me buscas, aquí me encuentras a las cinco y media.

—¿Tiene por allí el libro que me prometió? —preguntó en tono de terminar de hacer las paces.

—Como dijiste que no tendrías tiempo, le pasé a Emilia el primer tomo.

—A lo mejor ya hasta lo acabó. Ella lee rápido.

En la escuela, los tres amigos no se encontraron hasta pasado el recreo, en el taller de dibujo que habían elegido para tener una clase juntos.

Fueron derechito al rincón de siempre. Se miraron y les ganó la risa.

La primera en intentar pedir disculpas fue Andrea.

—Me vi pésimo el viernes, ¿verdad?

—Sí, te pasaste —confirmó Emilia.

—¡Se acabó la plática, es hora de trabajar! —interrumpió la instrucción tajante del maestro de dibujo.

Al grupo de arte se le encomendó montar el escenario para la obra de teatro. En un mes dibujarían miles de hojas para que el público se creyera que esos paneles eran árboles, y que el primer acto de la obra sucedía en un bosque.

Pintaron en silencio las primeras veinte hojitas; en la vigesimoprimera Diego empezó a contarles que el jueves pasado, cuando regresó a su casa, iba absolutamente seguro de que su mamá llegaría hasta las cinco y media, porque ella le había advertido que debía terminar un trabajo para la universidad.

—Llegué muy campante, pensando que ni se iba a enterar y me la encontré furiosa. Por eso me enojé contigo —le aclaró a Emilia—, aunque ni tú ni don Germán tenían cómo imaginarse dónde andaba yo.

—¿Y dónde andabas? —preguntaron sus dos amigas a un tiempo.

—Eso todavía no se los puedo contar.

—¿Y vas a seguir desapareciendo? —quiso saber Emilia.

—Quizá sí, pero no se preocupen, ya saben que no se trata de un secuestro.

—¡Silencio! —repitió el maestro.

Cruzaron miradas y cerraron la boca. En realidad, Diego, Andrea y Emilia no necesitaban muchas palabras; trabajar juntos era suficiente para volver a amigarse.

Emilia llegó a su casa de excelente humor, y así hubiera seguido el resto de la tarde si su mamá no le hubiera recordado la cita en el consultorio de Jaime para recoger sus anteojos nuevos.

¡Ya no se acordaba de la miopía! Se atrincheró en su novela.

Así esperó a que su mamá estuviera lista para llevarla y, ya en la consulta, a que el doctor se desocupara.

Se puso los lentes sin mirarse al espejo, como respondiendo a una consigna. Cada uno fue diciendo "¡Qué bien te ves!" Lo dijo su mamá; Jaime, el oculista; Rosi, la secretaria, y la doctora Guridi. Hasta el que cuida los coches en el estacionamiento la saludó con un:

—¡Órale con los lentes! ¡Te ves muy acá!

Subió al coche sin decir media palabra. El descubrimiento se inició en el cuarto semáforo. Emilia notó que en el centro de la luz roja, decía alto con letras negras; se fijó en las copas de los truenos que bordeaban la calle, no eran manchones verdes sino ramas cargadas de hojas y de brotecitos amarillos a punto de florear. Se asombró.

Esa tarde fue de una sorpresa a otra: una mancha en la alfombra de la sala despertó su curiosidad; las arruguitas que se le forman a su papá alrededor de los ojos al sonreírle le dieron ternura; una carrera en la media de su mamá le pareció insólita; un granito en el cuello de Inés; el rombo amarillo intenso en el centro de los ojos de Samanta la hicieron consciente de que se había perdido una buena parte de la realidad.

A las siete de la noche, mirando hacia la calle donde Inés platicaba con sus amigas, tuvo una revelación, un don que le abrió los ojos a otros mundos.

Andrea ya ni se acordaba del portazo que dio cuando se bajó del coche en la mañana. Fue el primer reclamó de su mamá al recogerla a la salida. Entre amenazas y rezongos hicieron el camino. Cuando no se quiso comer la sopa y pretendió retirarse de la mesa, su mamá estalló.

—¡Me tienes harta! Entiéndeme, Andrea, si no puedo educarte será porque soy muy mala madre, así que buscaré alguien que lo haga mejor que yo.

Andrea estuvo a punto de soltar un "me encantaría". Afortunadamente, esta vez no abrió la boca.

Su mamá había hecho esa amenaza en otras ocasiones, pero esta vez sonó diferente. Las dos se sorprendieron y se encerraron cada una en su recámara a sopesar el silencio que las separaba.

Cuando recobró el ritmo de la respiración y se diluyó el vacío que tenía en el estómago, Andrea se puso a hacer las tareas que tenía atrasadas y a arreglar, uno por uno, los cajones de su clóset. Entonces, de pronto, descifró la amenaza de su mamá; eso que nunca había formulado y que flotaba dibujando una nube negra en el ambiente: la perfecta educadora, a quien su mamá se refería sin nombrarla, era la tía Matilde. Por primera vez en mucho tiempo, Andrea lloró.

Si se hubiera asomado al cuarto de su mamá, habría visto su mirada enrojecida y triste. Eso sería una sorpresa mayúscula; sin embargo, Andrea no era tan mal educada como para espiar por el ojo de la cerradura.

Diego llegó al puesto de periódicos a la hora en que don Germán amarraba el último paquete de revistas. Lo ayudó a guardarlo en la caseta y a colocar los candados.

Fueron hacia el parque, respondiendo a un viejo acuerdo. Siempre que alguno de los dos tenía algo especial que contar iban hasta allá. Si hacía buen tiempo compraban helados, caminaban lentamente hacia el asiento de piedra en el fondo del camino, y allí se los comían. Don Germán hizo ademán de pararse y Diego recogió los vasitos para tirarlos en el basurero, a cincuenta metros. Al regresar, don Germán le dijo:

—¿Y?

Diego se lo contó de un tirón.

—Yo ya lo había visto dos veces en la panadería, aunque nunca tan de cerca. Ese jueves nos topamos de frente y lo reconocí. No sé si fue el color del pelo, la forma de sus orejas o la manera en que ladea la cara para preguntar, pero supe enseguida que era él.

Don Germán podía haber preguntado "¿quién?", pero no lo hizo; era tan paciente que esperó a que Diego se lo contara.

—Sabía que, si no lo seguía, se me iba quizá la única oportunidad de conocerlo, de hablar con él, así que no lo pensé. Él no se dio cuenta de que le pisaba los talones; camina muy rápido porque es alto y tiene el paso largo. Yo traía la mochila con el libro de geografía, que pesa como tres kilos, así que sudé la gota gorda para que no se me perdiera.

"Atravesamos más de ocho calles, hasta la colonia de las oficinas elegantes, más allá de la avenida. Compró el periódico, cruzó la glorieta, llegamos a un café, de esos que ponen las mesitas en la calle. Allí se sentó, pidió un café, se comió el garibaldi que compró en la esquina y leyó el diario de cabo a rabo.

"Yo me hacía el tonto en el camellón de la avenida, pateando unas piedritas y leyendo un capítulo y otro y otro, del libro de geografía.

"Ya iban a dar las diez cuando pagó y se fue. Lo seguí hasta un edificio muy alto; allí hay unos policías que no dejan entrar a nadie sin identificarse. A él se ve que lo conocen porque los saludó al pasar. Lo vi detenerse a esperar el elevador. Al edificio iba entrando una señora que podría ser mi abuela, y me le pegué actuando de su nieto; caminé junto a ella, me paré donde se detenía y resultó. El policía se fue con la finta y nos dejó pasar juntos. Cuando llegamos al pasillo, alcancé a ver que el elevador al que él se subió se detenía en el octavo piso. Busqué en el directorio: en ese piso están las oficinas de redacción de un periódico.

"En el descanso de las escaleras que van del piso siete al ocho guardé mi mochila detrás del garrafón de agua y me dediqué a pasear por las oficinas aparentando ser el nieto de una abuela perdida entre el piso once y el siete. Desde las prisiones de cristal, lo podía ver escribiendo en una computadora. Esa fue la primera pista que tuve de que es periodista.

Don Germán seguía sin preguntar nada, escuchando con una atención que claramente decía: ¿y qué más?

—Tuve tiempo de aburrirme, de hacer hasta la última tarea pendiente en mi mochila y de volverme a aburrir. No me fui porque me dio miedo no volverlo a ver.

"Salió de allí a las dos y media de la tarde. Lo seguí con la esperanza de que ahora fuera a su casa. Tomó un camión. Me subí tras él. Se bajó apenas diez cuadras adelante y se metió a comer en una cafetería de la avenida. Compré una torta en la esquina y allí lo esperé hasta las tres y media. Después dio un largo paseo por el parque que está a tres cuadras. Yo iba cien metros atrás, pensando cómo abordarlo. Era el momento adecuado. Pero cómo le dice uno a alguien: "mírame, yo ya te vi, somos idénticos. No lo puedes negar, eres mi papá".

La respuesta de don Germán fue un largo y mudo abrazo.

Cuando Inés subió a merendar, se entusiasmó con los lentes de Emilia. Se los probó y, frente al espejo, empezó a actuar de maestra regañona. Nada delataba el diálogo que acababa de tener con su amiga en la puerta de la casa.

"¿Nos lo irá a contar?", se preguntó Emilia, y esperó encontrarse a solas con ella después de la cena, a la hora de acostarse. Inés no dijo ni media palabra y se durmió como si nada debiera.

Aunque sólo le faltaban cincuenta páginas para terminar el primer tomo de la novela, esa noche Emilia no leyó. El descubrimiento de que podía leer los labios a distancia le provocaba una emoción como cosquillas, entre divertida y misteriosa.

En realidad Emilia no sabía cuándo empezó a entender lo que significaban los movimientos de los labios. Al primero que comprendió fue a su papá. Era muy chiquita cuando ya descifraba su *no* y su *sí* y adivinaba cuándo se refería a ella y no a Mara o a Inés.

En el instituto donde su mamá la llevaba a aprender a hablar, no querían que observara los labios sino que hiciera el esfuerzo de oír con los audífonos, lo que le daba a la lectura labial un aire de transgresión. Quizá por eso le gustaba hacerlo.

En las largas sesiones dedicadas a hacerla pronunciar con claridad distinguiendo *p* y *b, d* y *t, kkkkkkkkk, rrrrrrrrr, sssssssss,* Emilia fue aprendiendo a leer, letra por letra, los mensajes de los otros.

Recordó que antes de entender que era sorda se dio cuenta de que sus hermanas y sus padres compartían un secreto, algo que los separaba de ella y la hacía sentir que le estaban haciendo trampa. Ahora era ella quien tenía un poder secreto, ¡le dio mucho gusto!

Al otro día, camino a la escuela, Inés habló sobre su amiga Gisela, que se hizo una perforación para ponerse un arete en el ombligo. De su plática con Romina, silencio absoluto.

Emilia lo había leído en sus labios con tanta claridad como si las tuviera a dos pasos; las dos amigas estaban recargadas en el coche del vecino, justo debajo del arbotante, a una distancia a la que, sin lentes, no hubiera distinguido bien sus rostros. Recordó palabra por palabra:

—Es el jueves en la tarde —dijo Romina.

—Le diré a mi mamá que voy a estudiar en tu casa, de allí nos vamos juntas —había respondido su hermana.

—¿No sería mejor que le pidieras permiso?

—No me quiero exponer, me va a salir con que no tengo nada qué hacer en un concurso de la tele, que primero termine la prepa. Mejor me presento y si gano, doy la pelea en mi casa; si no, para qué la hago de tos.

—¿Y si se enteran de que no les dijiste?

—Pues les explico y ya. Más vale pedir perdón que pedir permiso.

—Lo que pasa es que yo ya le conté a mi mamá, y ni modo que le advierta que no le vaya a decir a tu mamá.

—Sería muy... —en ese instante Inés inclinó la cabeza para buscar sus llaves en su morral y Emilia no alcanzó a leer más.

A una cuadra de la escuela, la voz de su hermana mayor la sacó de sí misma.

—Cómo eres, Emilia, te veo cara de que me estás dando el avión —se quejó Mara, que había empezado a contarles a sus hermanas, por enésima vez, lo simpático, inteligente y buena onda que era el Premio.

—Estoy preocupada por el cuestionario de español que dejé a medias —mintió para no entrar en explicaciones.

En realidad pensaba en lo divertido que se había vuelto esto de usar anteojos. Sus hermanas no tenían ni una pista de lo que ella sabía. Allí fue cuando decidió que no se los iba a contar, sólo se lo diría a sus cuates.

Pudo ver desde la esquina cómo Diego saludó a su amigo con un:

—Cómo está, don Germán, ¿le ayudo a abrir los paquetes de periódicos?

Los miró un momento trabajando juntos y leyó en los labios de su compañero:

—Hoy voy a hablar con mi mamá.

El dueño del kiosco le daba la espalda, así que nunca se enteró de su respuesta.

Diego parecía serio y hasta un poquito solemne. Su expresión misteriosa era más difícil de desentrañar que sus palabras. Ya le preguntaría más tarde.

A la entrada a clases sintió las miradas sorprendidas de sus compañeros al verla con sus lentes nuevos. Sin embargo, sólo alcanzó a escuchar un "cuatrojos". Era de otro miope, Migue, de primero B, y más bien en tono de cómplice.

A lo largo de la mañana, la habilidad recién descubierta le fue dando una sorpresa y luego otra y otra más. Primero se dio cuenta de que así entendía mucho mejor la clase. Era como ver la película con subtítulos.

En uno de los recesos entre clase y clase miró hacia el corredor y sorprendió un momento de charla entre la maestra de matemáticas y la de español.

—Este viernes voy a hacerle examen sorpresa de matemáticas a los dos grupos de primero de secundaria. Cámbiame tu horario con el grupo B, así les pongo el examen a los dos al mismo tiempo y tú los juntas en la segunda hora para el concurso de ortografía que querías hacer —dijo la maestra López.

—Pero no puedo hacer el concurso sin avisarles —protestó la seño Rebe.

—Claro que puedes. Sólo así sabes que gana quien lo merece y no el que macheteó la noche anterior y lo trae todo prendido con alfileres.

Los apuntes de matemáticas de Emilia estaban incompletos. El día que fue al oculista se perdió la lección. Tendría que pedírselos a Silvina. Además, le debía advertir a sus amigos. ¿Sólo a sus amigos o a todo el grupo? Ese dilema marcaría el compás de la semana.

A la hora del recreo se juntó con Diego y Andrea; buscaron un rincón dónde platicar y compartir su almuerzo.

Andrea traía un delicioso pastel de carne. Lo dividió en tres pedazos y les dio a elegir a sus amigos. Diego y Emilia tomaron los de los extremos, dejándole a ella el más grande. "Al que parte y comparte le toca la mejor parte."

Tras saborearlo, los tres anunciaron al mismo tiempo:

—Tengo algo que contarles.

Estas sincronías les pasaban con tanta frecuencia que les daban risa.

Iban a decidir quién empezaba, cuando vieron llegar a la mamá de Andrea. Atravesó el patio sin buscar a su hija, que sa-

65

lió a toda velocidad hacia el salón. Diego fue tras ella sin encontrarla y terminó jugando futbol en la última cancha del patio. Emilia caminó distraída; aparentemente hacía una inspección rigurosa de las hojas de la enredadera que cubría el muro. Así se fue acercando al ventanal de la dirección. Esperó a que se desocupara una banca y se sentó a observar cómo la directora hacía pasar a la mamá de Andrea.

Estaban casi de frente, a sólo cuatro metros de distancia de Emilia. Podía leer mejor los labios de la directora, que las palabras de la mamá de Andrea. Se enteró de casi todo, sin comprender casi nada. ¿Cuándo iba a mandar lejos a su hija? ¿Por qué la directora defendía a Andrea con tanto calor?

Ahora Emilia sabía que tampoco podría revelar el secreto a sus amigos. No quería que Diego y, sobre todo, Andrea supieran lo que sabía y cómo lo supo. Se estaba enterando de secretos que no le pertenecían y de situaciones sobre las que ella no podía actuar. Una cosa era anticipar la fecha del examen sorpresa de matemáticas y otra muy distinta que la mamá de Andrea estaba dispuesta a mandarla para siempre con la tía Matilde.

No escuchó el sonido del timbre que anunciaba el fin del recreo. Estaba absorta. No se dio cuenta del silencio que inundó el patio. En su interior había una revolución.

Elisa apuró sus tareas en el trabajo. Quería estar a tiempo con Diego.

—Necesito hablar contigo —le dijo en un tono que bastaba para que ella entendiera que era algo importante.

Diego la esperó en el parque, en la misma banca donde platicó con don Germán. Cuando la vio llegar, puntual y contenta, confirmó una de las cosas que más le gustaban de ella: que lo tomaba en serio.

Se sentó junto a él, le dio un beso y le compartió nueces garapiñadas calentitas, compradas en un puesto a la entrada del parque. Diego se comió más de diez mientras pensaba cómo empezar.

—Ma, quiero saber algo que te he preguntado otras veces, sólo que ahora ando en busca de toda la verdad. No se vale que me contestes diciendo que me quieres muchíííísimo y que tu amor vale por dos. Eso ya lo sé —Diego guardó silencio un momento y lo soltó—: ¿Por qué no tengo papá?

Ahora fue Elisa quien hizo una pausa larga. Llevaba años esperando esa pregunta, mil veces pensó qué iba a contestar y ahora no sabía cómo, aunque estaba decidida a hablarle con sinceridad.

—No tienes papá porque la decisión de tenerte fue sólo mía, nunca le dije a él que estaba embarazada —explicó mirando a los ojos a su hijo.

—¿Por qué? —fue la pregunta de Diego. En su mirada Elisa percibió un esbozo de reproche.

Le pasó el brazo alrededor de los hombros y lo atrajo hacia sí. Lo quería sentir junto a su corazón para hablarle de esto.

—Te voy a contar desde el principio. Tú sabes que yo viví con tus abuelos y tus tías en Pátzcuaro hasta que terminé la prepa. Ése fue un año bien difícil, murió mi papá, se casó tu tía Male, nacieron los triates de mi hermana Irma. Yo tenía muchas ganas de venir a estudiar a la universidad; desde entonces quería entrar a sociología.

"Pensé aplazarlo porque mi mamá estaba muy sola, Irma necesitaba mucha ayuda con los niños, Male se iría a vivir a Morelia; sin embargo, las tres me animaron diciendo que mi papá se hubiera sentido muy orgulloso de tener una hija universitaria y pues me vine para acá. Tenía 18 años recién cumplidos y aunque me daba un poco de miedo, me encantó la ciudad, la universidad, los compañeros, las materias que estudiaba y los maestros.

"A los tres meses de estar en la facultad lo conocí. Yo apenas iba entrando y él ya era alumno del último grado. Me gustaron sus ojos negros, negros; su pelo rebelde, como el tuyo; su pasión al discutir, la forma serena en que argumentaba en las asambleas. Yo ya estaba clavadísima y él ni siquiera me volteaba a ver… hasta un día…

—¿Fue amor a primera vista?

—No, fue como a undécima vista. Yo empecé a trabajar en una planilla para las elecciones de la sociedad de alumnos. Allí empezamos a hablar, primero de política universitaria, después de literatura, de cine, de qué hiciste ayer y finalmente de amor.

—¿Cuánto tiempo fueron novios?

—Todo mi primer año de la carrera. Luego yo me fui de

vacaciones a mi casa y estando en Pátzcuaro me di cuenta de que venías tú.

—¿Y qué sentiste?

—Una mezcla de susto y muchísimo gusto —Elisa cerró el abrazo sobre Diego y le dio un beso en la frente antes de continuar—. No les dije nada a mis hermanas ni a mi mamá; me urgía contárselo a él, así que me regresé a mitad de las vacaciones. Lo llamé y quedamos de vernos en un café.

—Entonces, ¿sí se lo dijiste? ¿En qué quedamos?

Elisa le tomó la mano a Diego para darse valor y seguir hablando.

—Llegué al café bien nerviosa y todavía lo tuve que esperar los diez minutos que tardó en llegar. Todo se iluminó cuando él entró. Venía eufórico, contentísimo, yo hasta pensé que a lo mejor ya se lo sospechaba, pero no. Estaba feliz porque le acababan de dar la noticia de que ganó una beca para ir a estudiar una maestría en Inglaterra.

"Sentados en aquel café, cerca de la universidad, lo oí hablar durante dos horas de sus sueños, de su carrera como investigador, de sus planes de viajes y aventuras y descubrí que en esos proyectos no entraba yo.

"Oyéndolo confirmé que él había hecho una elección. Su relación conmigo era secundaria. Lo esencial, lo importante, lo esperaba en Londres. Aquello que yo pensaba inmenso, para él no era tan grande.

—¿Y no le dijiste nada?

—No. Necesitaba tiempo para pensarlo. Me fui a la casa de huéspedes donde vivía y allí, mientras te acariciaba con el pensamiento, estuve dude y dude tres días y cuatro noches, hasta que un miércoles amanecí con la cabeza despejada y la convicción de que tú eras sólo mío. No quería forzarlo a una relación que no entraba en su "proyecto de vida". Si sus sueños estaban en otra parte, no iba a ser un buen padre para ti ni una buena pareja para mí, y como no quería ponerlo entre la espada y la pared, no lo llamé. La primera semana todavía estuve esperando por si él me hablaba, por si lo pensaba mejor y decidía que sí contaba conmigo. Pasaron los días y nada. Supe que andaba muy ocupado con sus trámites y preparativos. Como él quería una despedida sin lágrimas, ni adiós le dije.

"Regresé a Pátzcuaro y tu abuelita y tus tías te empezaron a consentir desde antes de que nacieras. A mí se me había quedado un hueco horrible de tristeza, que fui llenando contigo, que crecías en mi panza tan quitado de la pena.

—¿No le escribiste para contarle cuando yo nací?

—Ni siquiera tenía su dirección; además, no la busqué. Él cada día estaba más lejos.

Diego se quedó callado un tiempo que a Elisa le pareció interminable.

—Ya sé que a mí no me podías preguntar porque todavía ni nacía, pero me hubiera gustado que se lo dijeras y que él decidiera si quería ser mi papá.

—Creo que no hubiera soportado que me dijera que no.

Elisa sintió, como doce años atrás, que el dolor la desbordaba. Se le arrasaron los ojos.

Las gotas cayeron primero puntuadas, una aquí y otra allá y de pronto cayó un chubasco. Corrieron a protegerse bajo un árbol; en veinte metros se mojaron de tal manera que al verse uno al otro se echaron a reír y decidieron dejar de correr. Si ya estaban empapados podían gozar la lluvia caminando hasta la casa.

No hablaron hasta que, ya en piyama, los dos se secaban el pelo.

—Nos parecemos mucho, ¿verdad? —afirmó Diego.

—¿Tú y yo?

—No, él y yo.

—Sí, de bebé eras como su clon, pero ahora mucha gente te encuentra un aire conmigo.

Diego iba dispuesto a dejar todo en claro, así que lo dijo:

—El jueves de la semana pasada, cuando Emilia inventó que me habían secuestrado, me lo encontré. De veras somos idénticos, lo reconocí enseguida. Creo que hubiera sabido quién era aún sin haber visto las fotos que guardas en tu álbum de la universidad.

—¿Dónde lo viste?

—Lo descubrí en la panadería y lo seguí. Es periodista.

—Él estudió para biólogo, ¿cómo sabes que es periodista?

—Trabaja en un periódico. En la primera plana dice "Editor: Ramón Landa".

—Se llama José.

—O José Ramón.

—Es posible —contestó Elisa y se quedó largo rato pensativa. Finalmente rompió el silencio:

—¿Hablaste con él?

—No, primero quería platicarlo contigo.

Elisa sintió que, de pronto, en medio del presente feliz donde su vida era por fin estable, aparecía una sombra impertinente.

—Necesito un poco de tiempo, Diego. Antes de que lo conozcas, yo tengo que hablar con él.

A las siete y media de la noche el balcón de la recámara de Andrea era un lugar ideal. Los árboles del parque vecino habían crecido hasta la altura del barandal y se mecían con el viento, soltando un perfume suave de huele de noche, un sonido cadencioso y un movimiento de olas verdes, de ida y vuelta.

El verano había traído ese horario nuevo en que anochece tarde y empezaban a colorearse de rosa todas las nubes. El sol se estaba metiendo de cabeza en el gimnasio de la escuela vecina, o al menos así lo veía Andrea desde su atalaya.

Había pasado una tarde tranquilísima encerrada en su cuarto, debido a una extraña llamada que recibió de Emilia. Su amiga insistió en que había que repasar matemáticas y ortografía porque había soñado que habría exámenes sorpresa el viernes. Era una locura, Andrea no confiaba en oráculos pero por alguna extraña razón a Emilia le creía cualquier cosa que dijera, así que le dedicó media hora a hacer la tarea y dos más a estudiar matemáticas. En cuanto a ortografía, pensaba que eso era un don y ella, afortunadamente, lo tenía. Sin embargo, le entró una duda y tuvo que buscar el diccionario, en la tercera tabla del librero, detrás de una enorme caja con fotografías. Una vez que se cercioró de que holán se escribe con *h*, volvió a su lugar el pesado tomo y se sentó a revisar lo que había guardado en la caja.

Eran las fotos de ese año, que su mamá no había tenido tiempo de organizar en un álbum. Andrea lo habría podido hacer, pero no se atrevió a ofrecerse porque seguro era incapaz de armarlo en el orden perfecto que Elvira había diseñado para eso. Estaban guardadas en sobres y cada uno iba etiquetado con la fecha, la ocasión y los retratados. A Andrea le encantaba ver fotos y recordar qué había más allá de la imagen. Estos instantes congelados le hacían sentir nostalgia por lo que no estaba allí. En ésa, por ejemplo, donde todos reían posando para la foto junto al pastel con el que festejó sus doce años, la sonrisa que parecía eterna en la cara de todos no duró ni tres segundos. En cuanto Matilde tomó la foto empezó el pleito.

Resulta que la tía se empeñó en saber qué deseo había pedido la del cumpleaños. Era una pregunta muy indiscreta y Andrea no estaba dispuesta a contestarla, así que le dio el avión diciendo: "si te lo digo no se cumple".

Eso hubiera sido suficiente para frenar la curiosidad de cualquier adulto normal, pensó Andrea, pero no funcionó para la tía Matilde. Insistió e insistió hasta que hizo insistir a la mamá y al papá de Andrea. Entonces fue cuando ella estalló y dijo, suave y clara, la verdad:

—Mi deseo es que se acaben por fin tus vacaciones, tía.

Por haberlo dicho en voz alta estuvo a punto de no cumplirse. Sólo para "educarla" decidió quedarse quince días más.

Andrea revisó uno por uno los sobres formaditos cronológicamente. De pronto constató algo que ya había percibido antes pero que ahora tomaba forma de manera evidente. A partir de la visita de la tía Matilde se esfumó la sonrisa de su familia. Sí, parecía que la vieja se las hubiera robado del rostro, limpiando con un pañuelo la expresión de felicidad que cada uno de los tres tenía, para empaquetarlas, todas arrugadas, en el fondo de su maleta panzona, junto con sus hilos de colores, sus recetas de jarabes amargos, sus enormes pantuflas color rosa y los tubos en los que enroscaba su cabello por días y más días.

Era cierto, podía separar las fotos en dos grupos, antes y después de tía Matilde, solamente atendiendo a las caras de funeral que les dejó a los tres.

Sin embargo, fijándose bien, no tenían la misma expresión. Su papá se veía triste, su mamá enojada y ella se reconoció con una cara de no estar allí.

Andrea se miró y se miró. Había fotos de ella montando en bicicleta. En la cara se le veían las ganas de estar patinando. En

otra foto jugaba con su prima
Amanda, pero clarito se notaba
que hubiera preferido estar con
Diego y Emilia. En aquella en la
que traía el vestido verde de encajitos, enseguida se veía que añoraba sus pantalones vaqueros. Y así
en todas. No se hallaba.

Se fue a buscar en otros álbumes de años anteriores, y se encontró.

Se dio cuenta de que todavía
el año anterior se reían los tres;
que se abrazaban más fuerte en
los cumpleaños; que su mamá no
fruncía los labios como retenien-
do el aire que la hacía resoplar su

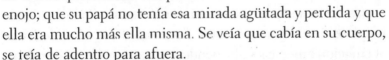

enojo; que su papá no tenía esa mirada agüitada y perdida y que
ella era mucho más ella misma. Se veía que cabía en su cuerpo,
se reía de adentro para afuera.

Guardó los álbumes en el orden que su mamá les había inventado y se fue a la terraza a pensar, pero no se le ocurrió
nada; se quedó quieta sintiendo cómo el aire y los árboles y el
cielo le apaciguaban el alma, muy poco a poco.

Un mundo silencioso

Emilia parecía escondida, ovillada en un rincón del pequeño jardín del edificio donde se refugiaba a leer cuando alguien invadía su lugar preferido en la azotea. La gata Samanta la encontró, después de husmear por todos lados, y se sentó en su regazo para que le sobara el lomo.

Cerró el primer tomo de *El conde de Montecristo* y se concentró en rememorar las aventuras que había vivido siguiendo los pasos de Edmundo Dantés. Su amistad con el abate Faria; el emocionante escape, haciéndose pasar por el cadáver de su amigo; el regreso al mundo; la búsqueda del tesoro; el pago generoso a quienes se mantuvieron fieles en su ausencia y la planeación, meditada y cuidadosa, de lo que Emilia entreveía se iba a desarrollar en el segundo tomo: la venganza.

Distraída en los detalles que repasaba para no olvidar, para entender de veras esa vida que quería beberse hasta el final, no vio llegar el taxi.

Se hubiera sorprendido de cuántas personas, maletas y paquetes caben en un auto compacto, cuando la familia entera se dispone a despedir a una niña que viene a vivir dos semanas con su tía. Cuando se asomó, todos estaban alineados en la banqueta

"Ya me lo había anunciado doña Luisa —recordó Emilia—. Esa debe de ser su sobrina."

La miró de lejos. Era alta, casi de la estatura de Inés. Llevaba el pelo recogido con una pinza, de una manera graciosa y sencilla que debía de ser dificilísima de lograr y que Mara iba a copiar en cuanto la viera.

Siguió mirando con curiosidad desde su escondite. Vio cómo la recién llegada se despedía con besos y abrazos; la sonrisa amplia y los ojos acuosos, de cada uno de sus hermanos. Se fijó en que, quien parecía ser el papá, la cargó en un abrazo largo, haciéndola girar en un volantín. La mamá, en cambio, la llamó aparte. Le puso algo que debía ser importante en la mano y con cariño le cerró el puño; al despedirse, la persignó dándole la bendición.

Cuando la familia se acomodó, ahora más holgada, en el minitaxi, doña Luisa, la portera, y su sobrina tomaron maletas, bultos y paquetes y se los llevaron todos en un solo viaje.

Emilia, que tenía los lentes puestos, leyó muy bien lo que los hermanitos gritaban ya desde el coche.

—¡Nos vemos pronto! ¡Escríbeme! Adiós Laris…

"Es muy guapa —pensó—; de un moreno aceitunado, parecido al de la doctora Guridi."

En ese momento se dio cuenta de que esa muchacha no usaba aparatos auditivos y se preguntó: "¿No me dijo doña Luisa que su sobrina es igual que yo?"

Anocheció de golpe. La luna llegaba tarde y corriendo. Emilia vio su reloj. Eran casi las ocho. Corrió escaleras arriba, abandonando a Samanta, que respingó extrañada.

En el rellano del tercer piso se topó con su papá que bajaba después de buscarla en la azotea.

Mara, Inés y Alma esperaban impacientes sentadas a la mesa. Merendaron y recogieron la cocina entre los cinco. Más rápido que inmediatamente ya estaba la mesa limpia para que Mara extendiera el papel albanene donde tenía que trazar unas gráficas para su tarea.

Emilia guardó la novela en su mochila para entregársela a Diego y se distrajo viendo a su mamá hacer planes en el teléfono con una amiga. Recordó la sorpresa que la esperaba el viernes y se fue a su cuarto a repasar matemáticas y ortografía.

Alma fue a darle las buenas noches y aprovechó para sentarse a platicar con Emilia.

—Y hoy, ¿cómo fue tu día?

Emilia recordó todo lo que había vivido en la mañana leyendo los labios y decidió contarle solamente de la novela que terminó y de la niña recién llegada al edificio.

—Se llama Larismar —comentó su mamá.

—Qué nombre más raro, nunca lo había oído.

—Yo tampoco —dijo Alma—, pero suena bonito.

Antes de que apagara la luz, Emilia preguntó curiosa:

—¿Con quién hablabas por teléfono?

—Con Eva.

Emilia supo que debía advertir a Inés. Si las dos mamás desayunaban juntas, al día siguiente se develaría el secreto mal guardado de su hermana.

Se durmió pensando cómo decírselo.

Muy temprano, en cuanto Mara saltó de la cama para ganarles el baño, Emilia le quitó la almohada a Inés para despertarla.

—Mi mamá irá a desayunar con Eva, la mamá de Romina. Tienes que contarle lo del concurso antes de que se lo diga ella y descubra que la engañaste.

—¿Cómo sabes eso? —se sorprendió Inés.

—Porque anoche vi a mi mamá hacer planes por teléfono. Se encontrarán en la cafetería del parque a las nueve.

—No —insistió Inés—, quiero saber cómo supiste del concurso.

—Tú lo dijiste anoche… mientras dormías —improvisó.

Inés entrecerró los ojos con suspicacia de detective.

—Y cómo me oíste si no traías puestos los aparatos.

—No te oí, tonta, te leí los labios —contestó Emilia con aplomo porque ahora sí decía la verdad.

Dejó a su hermana pensativa: "Se me hace que lo que Emilia lee, es la mente".

Doña Luisa entró en su minidepartamento pensando cómo hacer un hueco en su única recámara, y en su vida, para una niña con la que no se comunicaba.

Su trato con ella se había limitado a decirle, cada vez que iba de visita al puerto: "¡Estás muy linda!" y "¡cómo has crecido!" Si estaba cerca alguno de sus hermanos, traducía su saludo con extraños movimientos de las manos y la respuesta, siempre la misma, era la sonrisa condescendiente de Larismar.

Sin embargo, no pudo negarse a invitarla. Cuando le contó de su sobrina a la señora Alma, ella se ofreció solícita a llevarla para que la revisaran en el instituto donde enseñaron a hablar a Emilia. Mostró mucha confianza de que podían darle lenguaje a Larismar. Ahora, doña Luisa no sabía qué hacer con el pesado mutismo de la niña, así que, como hormiguita trabajadora, se puso a recoger lo que estaba fuera de sitio. Abrió un catre y lo colocó en un rincón del cuarto y hasta allí fue llevando la maleta y los bultos. Larismar terminó, rápidamente, el acarreo de lo que faltaba.

Se le venía encima el silencio, así que doña Luisa habló para sí misma mientras se peinaba frente al espejo, repasando la lista de sus pendientes: "recoger el tiradero; menearle al atolito para que cenemos los tamales que me trajeron del pueblo; subirle al señor del ocho su correspondencia; preparar la basura para que a las siete se la lleve el camión porque si no mañana no me espera y se va sin ella; darle un plato de leche a Samanta, ya que Cristina, su dueña, anda de vacaciones. No tendré tiempo de ver mi novela a las ocho y media". Allí fue cuando vio, reflejada en el cristal, la carita atenta que la observaba.

Sonrió porque era su única manera de comunicarse y fue a escribir su lista de pendientes, que clavó con una chincheta en el recadero junto al teléfono.

Larismar se paseó por el departamentito mirando con detenimiento el orden austero. No faltaba ni sobraba nada. El único adorno era un cuadro, más viejo que antiguo, con un mar en calma y el cielo cubierto de nubes amenazantes, donde el aire formaba remolinos. Le trajo a la memoria a su mamá, que era agua tranquila, aunque el mundo estuviera desatado.

Le gustó la cocina, con sus cacharros viejos albeando de limpios. Cada cosa tenía un lugar y todo estaba a la vista, bastaba una ojeada para situarse. No tendría que hacer preguntas: junto al teléfono el lápiz y la libreta de recados; cerca del basurero la escoba, el recogedor y las cubetas; la alacena abierta dejaba ver lo que habría de comer en la semana.

Cuando su tía salió con la jarra y los tamales, ella se ofreció a traer platos y cubiertos. Merendaron sentadas en la mesita del comedor. La niña hizo un gesto que fue el primero que entendió doña Luisa: el atole que preparó estaba para chuparse los dedos.

No hubo sobremesa porque no había modo de hacer palique. La tía no tuvo tiempo de sentirse incómoda porque Larismar alzó la mesa, lavó los cuatro platos y dejó la cocina limpia en menos de lo que tardó en oírse el maullido de Samanta. La niña la vio por la ventana y le abrió la puerta. Como si todo hubiera sido acordado, la gata la siguió a la cocina, se paró junto a su plato y esperó paciente a que sacara la leche del refrigerador y se la sirviera. También le puso boronitas de la masa de los tamales, que había apartado al sacudir el mantel.

Doña Luisa la miraba sorprendida. La vio ir al mueble del comedor en el que guardaba, en un cestito, la correspondencia. Rebuscar entre los sobres, elegir cuatro y marcharse corriendo con las llaves en la mano.

Regresó en tres minutos. Samanta con la panza llena y mucha curiosidad, le olió el buen humor y se puso boca arriba para que la rascara. Estas muestras de confianza no eran frecuentes en la gata. "Sólo se lo permite a Emilia", pensó la tía.

Enseguida vio salir a su sobrina. Se asomó y miró cómo vaciaba los botes en el basurero grande y lo acercaba al portón girándolo con maestría, igual que ella misma los arrastraba martes, jueves y sábados, durante los últimos veinte años.

Al volver, Larismar pasó el cerrojo, puso la llave en la clavija en la que se colgaba y marcó las labores que había cumplido de la lista de pendientes. Doña Luisa no salía de su asombro.

—¿Cómo supiste? —preguntó sin la esperanza de una respuesta.

Larismar sonrió, señalando su ojo derecho y la lista colgada en el recadero.

—¡No había pensado que sabes leer! Aunque tu mamá me contó que terminaste la secundaria.

La joven afirmó con la cabeza.

Doña Luisa vio completo el capítulo de la novela, que terminó a las nueve y dejó a su auditorio pensando en la verdadera identidad de cada uno de los personajes, porque a esas alturas de la historia ya nadie sabía quién era el padre o la madre de quién. Entró a la recámara en la que su sobrina se había ido a leer y, una vez más, se sorprendió. Ya no había tiradero. Los dos vestidos, tres blusas y dos pantalones de Larismar estaban colgados en el pequeño espacio que su tía le dejó en el ropero. Con una caja vacía improvisó un pequeño buró. Quedó coqueto, cubierto con una carpeta de croché, traída de su casa; sobre ella, las fotos de sus papás y sus hermanitos, una virgen de barro del tamaño de un puño que seguro le dio su mamá al despedirse y un libro de cuentos.

"La pequeña se hizo su hueco ella sola", pensó con alivio doña Luisa. Lo que no sabía es que de la misma manera, sencilla y silenciosa, Larismar había empezado a trazar un camino directo a su corazón.

El primer contacto entre Emilia y Larismar fue un estruendo.

En casa de Emilia las tres hermanas se habían levantado a la primera llamada. Mara a darle el último toque a su gráfica, Inés urgida de hablar con su mamá y Emilia por la preocupación de darle de desayunar a Samanta, ahora que andaba huérfana.

Emilia puso en su mochila el primer tomo de *El conde...*, para cambiarlo por el segundo; confirmó tener los libros y cuadernos que usaría esa mañana y vistió el uniforme de deportes impecable, tal como lo exigía el maestro para las competencias.

Fue a la cocina, le sirvió a su papá el primer café de la mañana, cargadito, para que terminara de despertar, y desayunaron juntos.

Alfredo encontró en la primera plana del periódico la foto insólita de un león paseándose por el periférico. Le extendió a Emilia la nota para que leyera la historia de Sabú, que fue a dar a esa extraña selva de coches y asfalto, donde él no era rey sino un mero estorbo que detuvo el tránsito tres horas.

El día de Larismar también despuntó temprano. Fue a tirar la basura al camión, le preparó un té a doña Luisa y a las siete y media estaba, igual que Emilia, preparándose para servir un plato de leche para Samanta.

A esas horas, ajena a tanta solicitud, la gata se desperezaba estirando el lomo en la azotea. Coqueta, se acicaló cuidadosamente y salió ronroneando en busca de su dosis mañanera de comida y caricias.

Las tres se encontraron, entre el nivel cuatro y el cinco, exactamente en el sexto escalón. Samanta vio venir el golpe pero ninguna de ellas escuchó su advertencia porque Emilia aún no traía puestos los aparatos auditivos.

La leche que llevaba Emilia empapó la cabeza de Larismar, que derramó la suya sobre el limpísimo uniforme de Emilia. Samanta, sin inmutarse, fue a lamer el líquido que escurría por la escalera.

—¿Qué no ves? —Emilia gritó enojada.

Larismar, furiosa, señaló su ojo derecho, al tiempo que apuntaba hacia ella en un gesto de: "¡fíjate tú!"

Acto seguido, abrió la boca en expresión boba moviendo las manos junto a la cabeza.

La sorpresa hizo ceder el enojo de Emilia: "Me está diciendo tonta", pensó. Recogió su plato del piso y entró en el departamento dando un gran portazo.

Fue directamente al cesto de la ropa sucia a buscar el uniforme de la semana anterior. No lo encontró. Todavía húmedo, parecía burlarse de ella desde el tendedero.

Su mamá, que discutía en la recámara con Inés, vio de reojo lo sucedido y solucionó el problema sacando del baúl de ropa que iba a regalar, un uniforme que alguna vez fue de Mara.

Emilia se cambió. Le quedaba un poco corto, pero al menos no tenía manchas.

Alma ofreció llevarlas en coche para que llegaran a tiempo, pues con el tropiezo se habían retrasado. Al salir, Emilia notó que las escaleras ya estaban limpias y sintió un leve asomo de culpa. "Debí haberla ayudado a recoger." El remordimiento se le quitó en cuanto vio a Larismar en el patio, haciéndole cosquillas en la panza a *su* gata.

Ya en la escuela, Emilia tuvo dificultades para concentrarse durante la primera hora. Ni siquiera se había enterado de la discusión entre Inés y su mamá, ni sabía si le había dado o no permiso de asistir a la audición.

Durante el receso fue a la biblioteca de la escuela a sacar fotocopias de los apuntes que tomó Silvina, la más aplicada del grupo. Su compañera anotaba cada palabra que salía de la boca de la maestra de matemáticas, incluyendo trastabilleos, chistes, regaños y puntos y comas, en su letra grande y redonda, así que eran casi nueve páginas que pagó con el dinero reservado para una quesadilla a la hora del recreo.

Ya más calmada, entró en la clase de español. A Emilia le divertían los juegos de reglas y excepciones que explicaba la maestra Rebe:

—Solo: sólo lleva acento cuando puede cambiarse por solamente. Aun se acentúa si se usa en lugar de todavía.

Al finalizar la exposición, la maestra, sin delatarse, sugirió que repasaran la lección:

—Es bueno estar siempre listos para un examen sorpresa.

"Será el viernes", recordó Emilia.

Al sonar la campana fue al patio a reunirse con sus amigos. Insistió en que debían estudiar matemáticas y ortografía. Andrea ya había empezado, según dijo. Diego se burló.

—¿Nomás porque tuviste una pesadilla me tengo que poner a machetear?

—Fue un sueño premonitorio —subrayó Andrea aclarando—; quiere decir "de anticipación".

—¿Y desde cuándo eres adivina?

—Por lo menos échale un ojo al libro de mate, daño no te va a hacer —argumentó Emilia.

El *lunch* de Andrea era suficiente para compartir con sus amigos. Como de costumbre, traía algo exquisito. Era una ensalada fresca.

—Tu mamá hace magia en la cocina —se asombró Diego—. Cuando la mía me ofrece yerbas, yo paso. Quién sabe qué les ponen en tu casa, ¡saben delicioso!

—En eso sí te consienten —comentó Emilia.

—No es por apapacharme, simplemente le gusta cocinar.

—Según mi papá, sale bien lo que se sazona con afecto.

—Ha de ser —ironizó Andrea.

Emilia advirtió que pisaba terreno minado. Eso la hizo cambiar bruscamente el tema y dirigirse a Diego.

—¿Por qué no viniste a la escuela el jueves?, ¿cuál era el misterio? —preguntó a quemarropa.

—¿Cuándo? —la pregunta le servía a Diego para ganar tiempo.

—No te hagas, tú dijiste que nos contarías —insistió Emilia.

Él no se iba a poder escapar de esa plática pendiente. Así que acordaron encontrarse en la cancha de básquet, en cuanto terminaran las eliminatorias de atletismo, después del recreo.

Emilia fue descalificada en la tercera ronda y esperó sentada hasta el final de la décima. Sus amigos quedaron en la selección. Llegaron casi empatados, Diego ganó por una cabeza.

—¡Soy más veloz cuando estoy enojada! —se justificó Andrea.

—No me digas. ¿Hoy andas de buenas?

—Casi, casi.

—¡Qué suerte más grande tuve! —se rio Diego.

Sus compañeros se dispersaron y ellos fueron a sentarse a la sombra del gran olmo, al fondo de la cancha.

Diego les contó de corrido, para que no lo interrumpieran, su aventura del jueves. Les dijo que había encontrado a su padre y lo siguió un rato. No especificó cuántas horas, por qué lugares, ni la enorme cantidad de detalles que observó. Andrea y Emilia lo miraban sorprendidas de su audacia. A las dos se les fueron anudando en la garganta los sentimientos que Diego expresaba como si fueran de otro, sobre todo cuando se refirió, de pasadita, a la intensa plática que tuvo con su mamá.

—¿Y qué vas a hacer ahora? —le urgieron las dos a un tiempo.

—Por lo pronto, esperar a que ellos hablen.

—¿Y si no quiere verte?

Diego no se había hecho la pregunta cruel que le formulaba Andrea.

Los tres se quedaron en silencio dando tiempo a que pasara un ejército de ángeles. Hasta que Emilia afirmó:

—¡Claro que querrá verte! ¡Eres su hijo!

Entre las once de la mañana, hora en que se agotaban los periódicos matutinos, y las doce y media, cuando surtían los de la tarde, don Germán aprovechaba el tiempo para "hacer la cuadra".

Empezaba por la esquina de la escuela, saludando a doña Lucía, que regularmente le reclamaba *El Corazón de la Fama*. Con un buen almuerzo, iban comentando los escándalos de galanes y actrices que don Germán no había leído y cuyo desenlace, sin embargo, podía adivinar con gran certeza.

A las once y media veían llegar la camioneta que surtía de fruta y verdura la tienda de Leonora. Don Germán ayudaba en la descarga de la mercancía, se entretenía en la organización de las torres de manzanas y de peras que equilibraba con destreza y, por último, se ofrecía a hacer las cuentas con el proveedor, pues (y esto era algo que sólo él sabía) Leonora nunca aprendió a sumar. Se las arreglaba leyendo el rostro de la gente para saber en quién confiar y en quién no; en eso era maestra.

Un rato más tarde, cuando Rogelio, el barbero, se desocupaba, los dos hacían su inventario político, discutiendo las noticias de la primera a la última plana.

La estación final era la panadería de Eustaquio, donde se analizaban los marcadores deportivos y se hacía el recuento de los mejores goles de la semana. Allá se dirigía don Germán cuando lo vio.

No lo identificó de lejos. Su paso y estatura no le dijeron nada. Era un poco raro que alguien tan trajeado entrara a la

panadería a esa hora, cuando todos en la colonia estaban entera-
dos de que el bolillo calientito salía puntualmente a las dos de la
tarde. Fue hasta que lo tuvo delante cuando se sorprendió. Efec-
tivamente, era idéntico a Diego. ¿Qué estaría haciendo por allí?

En ese instante, en el patio de la escuela, Diego sintió un balo-
nazo caerle encima junto al grito de sus compañeros de equipo.

—¡Diego, a la portería!

—¡No quiere parar goles, quiere ligarse a Andrea!

—¡No es Andrea, es Emilia!

—¡Son las dos!

Saltó a la cancha y se situó entre los postes para evitar que sus
cuates siguieran con sus bromas.

Las dos amigas continuaron la charla.

—Su papá se va a fascinar cuando sepa que Diego es su hijo
—dijo Emilia para retomar el hilo de la conversación.

—Yo no estoy tan segura —dudó Andrea—. A lo mejor ya
está casado y hay otros hijos.

—Quién sabe, quien quita y es soltero y hasta se casa con su
mamá.

—Eso debe de estar fantaseando Diego. Si algo hubiera entre
ellos, ya la habría buscado. Además, Elisa es novia de Saúl.

—Bueno, una cosa es la mamá y otra muy distinta el hijo.
A él lo tiene que querer.

—Tú crees que los otros papás son como el tuyo. Vives en
una nubecita…

—Tu papá te adora, Andrea, no seas injusta.

—Pues lo disimula con harto cuidado. ¡Nunca me defiende!

Se hizo un silencio entre ellas. Cada una se metió en sí misma. Andrea recordó a su papá, atrincherado tras el periódico en cuanto empezaban los pleitos y luego, haciéndole una tímida caricia en la coronilla, al pasar rumbo a su estudio.

Emilia buscó palabras que la acercaran a su amiga. Sin traicionarse, necesitaba advertirle lo que había leído en los labios de su mamá y la directora.

—El otro día vino tu mamá a la escuela…

—Sí, ya sé, a hablar con la directora, a decirle qué difícil soy, qué rebelde e intransigente.

—Me parece que por allí iba la cosa. La señorita Berta te defendió mucho.

—¿Sí? ¿Cómo sabes?

—Las vi por la ventana y esa impresión me dio.

—Puras suposiciones, porque no las oíste.

—Sólo al despedirse, ya en la puerta, tu mamá dijo algo relacionado con la tía Matilde.

Andrea ensombreció.

Por su expresión, Emilia supo que le había transmitido lo esencial, la amenaza que se cernía sobre ella.

Sonó la campana anunciando la hora de la salida. Emilia no la escuchó. Andrea le hizo una señal de que mirara el reloj y fueron a recoger sus mochilas.

Caminaron lentamente; cada una traía su propio peso.

Emilia le pasó el brazo por los hombros a su amiga. Quería que la sintiera cerca, de su lado. Andrea estuvo a punto de zafarse. Ella no la dejó.

—Estoy segura de que algo pueden hacer. ¿Por qué no hablas con tu mamá?

—Porque no podemos. Ése es el problema.

—¿Y si le pides ayuda a la maestra Berta? Ella te aprecia mucho… A veces se necesita un tercero.

—Ése debería de ser mi papá, y ya ves…

Allí surgieron el montón de preguntas que Emilia sentía atoradas en el corazón. ¿Por qué había tantos amores contrariados? ¿Por qué el papá de Diego no se llevó a Elisa a Londres? ¿Por qué Diego y Andrea habían de ganarse, con tanto esfuerzo, un cariño que a ella su papá le había dado siempre gratis? ¿Por qué la distancia enorme que separaba a Andrea de su mamá?

La sacó de su ensimismamiento el tropel de niños que bajaba las escaleras que ella y su amiga querían subir.

En el salón ya sólo estaba Margarita. Era un poco más lenta que sus compañeros para muchas tareas; también para guardar sus útiles. Emilia pensó en que si ella no estudiaba, la reprobarían en matemáticas y ésa era su última oportunidad.

Se acercó y le hizo el cuento de su sueño premonitorio para advertirla del examen sorpresa, dando inicio a la cadena que, como teléfono descompuesto, se iría regando por el grupo de primero B y luego por el A.

Ya fuera de la escuela, se volvieron a encontrar con Diego frente al puesto de periódicos.

Antes de que Emilia pudiera retomar el tema que dejaron en suspenso, Diego se lanzó a hacer la crónica del partido de futbol.

Andrea se acercó a saludar y el recibimiento de don Germán hizo evidente el viejo afecto que los unía.

—¿Cómo está tu papá? Hace mucho que no platico con él, ya lo extraño.

Andrea pensó que ella también, pero sólo dijo:

—Está muy bien. Un día de éstos seguro que viene a saludarlo.

Emilia le hizo entrega del tomo que había devorado. Don Germán le prestó el segundo y le entregó el primero a Diego, que se apresuró a abrir el libro y se topó con el marcador:

—Lo que es, es —leyó en voz alta.

Los tres amigos, cada uno por su lado, trataron de encontrar el sentido del mensaje.

A doña Luisa se le fue el santo al cielo. Despertó cuando ya una luz intensa iluminaba la recámara y de golpe se le hizo presente su lista repleta de pendientes.

"Se me fue el camión —pensó amainada—. Y para colmo, el bote de basura está hasta el tope de desperdicios. La señora del siete organizó una cena para sus amigas, sin tomar en cuenta que todas estaban a dieta… de aquí al sábado, cuando vuelva a pasar el carro, se nos va a hacer un mosquerío. No le entregué el sobre, que tenía cara de urgente y de importante, al señor del ocho. Hace tres semanas que me pregunta diariamente si llegó algo para él en el correo y hoy, precisamente hoy, me quedé dormida…"

El pie derecho buscó sus chanclas y la mano su rebozo. Se envolvió en él para ir a la cocina a trajinar un poco y hacer el desayuno de Larismar. "¿Ya se habrá despertado esta niña?"

A la pasadita se miró en el espejo. Ésa era la cara con la que amanecía cada mañana, desde muchísimo tiempo atrás. Fue al baño a borrar, a base de agua helada, las huellas de su desvelo y sus pesadillas nunca recordadas y cuya recurrencia era notoria en esas arrugas que estrenaba a diario alrededor de los ojos, cada vez más pequeños y apagados.

El olor del chorizo la sacó de sus cavilaciones. En el comedor ya estaba la mesa puesta y Larismar había servido jugo fresco para las dos. Al lado de la ventana, justo donde pegaba el sol, Samanta echaba una siestecita, signo inequívoco de barriga llena y corazón ronroneante.

La amplia sonrisa de su sobrina le dio los buenos días.

"Se siente bonito eso de que a uno le deseen buen día al levantarse", pensó doña Luisa.

Vio a su sobrina servir los platos, dispuesta a sentarse a desayunar.

—Ahora no puedo hijita, tengo que vestirme para llevarle su carta al señor del ocho, a ver si todavía lo alcanzo.

Larismar se puso a hacer las señas que tanto la impacientaban cuando iba al puerto y la veía moviendo las manos al platicar con su mamá y sus hermanitos.

La niña notó que su tía no había entendido ni una palabra. La tomó por los hombros, la hizo sentar en la silla y dio comienzo a una función de teatro.

Usó los recursos de la pantomima para explicarle que ella, Larismar, estaba dormida, que a las seis en punto se despertó, se vistió de prisa, tomó la carta del cestito y subió a grandes trancos las escaleras. Tocó tres veces en el número ocho. Abrió un señor gordo, malencarado y a la mitad de un bostezo. Ella le dio el sobre. Él lo tomó y cerró la puerta enojado.

A las siete cuarenta y cinco, el señor gordo, muy contento, atravesó el patio y, al pasar junto a ella, la saludó con una sonrisota. Iba feliz, con la carta en la mano.

Doña Luisa no cabía en su asombro. ¡Cómo le dijo tantísimas cosas sin mentar palabra!

De sorpresa en sorpresa se pasaron la mañana. Juntas limpiaron todo el edificio. Era un trabajo rutinario, que doña Luisa hacía desganada y por encimita. Larismar, en cambio, enfrentaba un trabajo nuevo, hallando placer en limpiar cada rincón y regar las plantas. Se dio tiempo de lavar puertas y ventanas, dejando un ambiente lustroso y alegre.

Fueron al mercado y doña Luisa aprovechó para contarle vida y milagros de todo el vecindario. Su sobrina no se enteró de nada. Doña Luisa lo sabía, pero hablar le daba una sensación de normalidad.

Ya en casa, Larismar le anunció el regreso del gordo del ocho; para eso, infló los cachetes. Doña Luisa se dio cuenta de que con ese gesto lo había bautizado. Poco a poco iba a aprender las distintas señas con las que la joven nombraba a cada uno de los vecinos.

La primera en notar la transformación del edificio fue Emilia. Al abrir la puerta de su casa vio que habían desaparecido las marcas del zapato de Inés; ésas que dejaba a diario al empujar la puerta mientras hacía equilibrios con la mochila y sus papeles.

Fue a buscar a Samanta a la azotea y descubrió un orden nuevo en las macetas y las jaulas de los pájaros. Aun la ropa colgada en los tenderos estaba alineada distinto, como buscando armonía. ¿Era el sol quien lo alegraba todo?

No encontró a la gata y pensó: "seguro Cristina ya regresó". Bajó a comer porque su mamá había anunciado su urgencia en cuanto las oyó llegar.

Debido al asunto del concurso para participar en la comedia musical en el que por fin permitió a Inés hacer la prueba, a Alma se le empalmaron las citas. De ninguna manera iba a dejar a su hija ir sola a ese lugar, lleno de puros desconocidos. A la misma hora y en otra zona de la ciudad era la audiometría de Larismar. La fecha estaba fijada desde hacía más de un mes y contaba con que Emilia acompañaría a Larismar. Planeaba dejarlas en el consultorio y recogerlas más tarde.

Emilia se opuso firmemente.

—Mañana hay examen sorpresa de matemáticas y de español, ¡tengo que estudiar!

—¿Cómo sabes que hay examen si es sorpresa?

Emilia se quedó muda. A su mamá no se le iba una.

—Esto es un pretexto —dictaminó Alma, montada en el autoritarismo que usaba cuando tenía prisa.

Mara y el Premio harían juntos un trabajo en la biblioteca y su papá no fue a comer. Nadie salía en su auxilio.

—Si de veras quieres estudiar, llévate tus libros y repasas mientras esperas —sugirió su mamá en plan de hacer las paces—. La sobrina de doña Luisa no te va a distraer, ni modo que te haga la plática.

En esa discusión estaban, cuando tocaron la puerta. Era Larismar, con su vestido de domingo, lista para ir al doctor.

Diego estuvo luchando toda la tarde entre la obligación y la devoción. La primera, repasar los problemas de matemáticas y las reglas de ortografía; la segunda, *El conde de Montecristo*. Se acordó del refrán al revés, y se dedicó a la novela, con gran devoción.

Dos horas y sesenta y tres páginas más tarde, se animó a echarle un ojo al cuaderno de matemáticas. Optó por memorizar las fórmulas para sacar el área y el volumen de los cuerpos, que era lo que él pondría en un examen si fuera profesor. La maestra de español insistió hasta el hartazgo en que la mejor manera de tener buena ortografía es leer, así que Diego consideró que ya se había preparado.

Se quedó pensando en Emilia. ¿Cómo era posible que lo pusiera a estudiar sólo porque había soñado un examen? Y él, ¿por qué le seguía el juego? Quizá porque era una amiga que siempre estaba de su lado y nunca, o casi nunca, le decía qué hacer.

Faltaban aún cincuenta minutos para que su mamá llegara del trabajo y la cena no iba a estar preparada hasta las ocho, así que buscó en el refrigerador algo qué comer. Sólo había manzanas y ensalada porque ella estaba a dieta y él, de paso, también.

Lavó su fruta y se sentó a ver un programa en la tele. Era un apasionante documental sobre animales y duró exactamente lo que Elisa tardó en llegar.

Cuando su mamá le reclamó que estaba perdiendo el tiempo frente al televisor, Diego le explicó lo que había aprendido:

—Los chimpancés y los delfines son los únicos animales capaces de reconocer su propia imagen reflejada en el espejo.

—Ah —contestó Elisa.

—¿Sabías que el graznido de los patos no produce eco y nadie sabe por qué?

—Ah —repitió su mamá.

—¿Y que el ojo de un avestruz es mayor que su cerebro?

—Ah —se volvió a escuchar.

—Además, vi a las hormigas desperezarse por la mañana, cuando se despiertan.

—Ah, ah.

—¿Puedes creer que los delfines duermen con un ojo abierto?

—Ah, ah, ah.

—La jirafa puede limpiar sus propias orejas con la lengua, ¿te imaginas?

Al visualizar a la jirafa lavándose de esa forma, Elisa soltó una carcajada.

—¡Ganaste! —concedió

Llevaron las bolsas con víveres a la cocina y la mamá de Diego se dispuso a prepararle una ensalada. Para compensar a su hijo también iba a hacer quesadillas. Cuando fue al fregadero a lavarse las manos descubrió que no traía su anillo puesto. Era una sortija de mala calidad, que le dejaba una banda negra alrededor del dedo, pero la usaba desde hacía mucho tiempo. Diego no la recordaba sin ella.

Elisa dejó la cena esperando y se fue a buscar la alhaja extraviada. Hurgó en sus cajones, en el baño, en cada una de las mil cajitas que había en su tocador.

Pasado un largo rato, muerto de hambre, Diego se acercó a consolarla de la pérdida.

—Cada año millones de árboles son plantados accidentalmente por ardillas que entierran sus nueces y no se acuerdan dónde las escondieron.

Elisa se quedó pensativa veinte segundos y empezó a recoger su tiradero.

—Sería divertido que por allí creciera un árbol de anillos… de todas formas ése no valía gran cosa.

—¿Quién te lo dio?

—Ya ni me acuerdo —contestó Elisa evasiva.

Tras la cena, Diego volvió a la novela y su mamá a su cuarto. Cuando él entró a dar las buenas noches vio sobre la cama y el sillón, los vestidos de su mamá. No eran muchos porque ella usaba pantalones y blusas para la universidad. Algunos no se los había puesto en tres años y otros Diego ni los conocía.

—Estoy eligiendo cuál me queda mejor porque tengo una cita muy importante —fue la explicación de Elisa.

Diego se acostó pensando que lo que ella preparaba era el reencuentro con su papá. Al rato volvió a tocar la puerta de su recámara sólo para decirle:

—Ponte el rojo.

Andrea se metió en la regadera a las siete de la noche. Regularmente, se bañaba en las mañanas para despertarse. Sólo cuando tenía exámenes —y era probable que a la mañana siguiente tuviera dos— se duchaba antes de la cena.

Tras abotonar la camisa de la piyama, buscó su pluma verde, la de punto fino. En la terraza, con su cuaderno de matemáticas y el libro de español al lado, fue escribiendo minuciosamente y con una letra menuda y clara, los resúmenes necesarios. En la pierna derecha, aritmética; en la izquierda, ortografía.

No podía faltar nada de lo esencial. En columnas ordenadas iba anotando las palabras clave y las fórmulas. Sólo podía hacerlo hasta el borde de sus calcetas largas, así que se las probó para estar segura de que cubrían el acordeón completo.

Nunca había copiado en un examen. Sin embargo, era una estrategia muy eficaz para estudiar. Al escribir memorizaba y además, algo extraño sucedía: por ósmosis todo lo que estaba en su pierna se le iba acomodando en la cabeza.

Oyó el llamado a cenar. Quería tener la fiesta en paz, así que bajó corriendo.

—¿Tienes examen? —preguntó su mamá cuando la vio con el pelo húmedo.

—Es probable. Emilia soñó que habría un examen, mañana.

—No me digas que crees en esas tonterías, tú que no respetas nada en lo que haya que creer.

Andrea dejó pasar la provocación y contestó:

—Es sólo por si acaso.

Buscando cambiar de tema le contó a su papá que don Germán le mandaba saludos. Vio una lucecita en sus ojos, como si recordara algo agradable; ya iba a contarlo cuando la voz más firme de esa casa lo interrumpió.

—El sábado vendrán a comer mis amigas. Espero, Andrea, que no sea demasiado pedir que te vistas adecuadamente, y seas educada. Creo que, al menos, esa consideración merezco.

Andrea sintió un remolino interior y se preguntó: "¿Cómo

logra poner en un par de frases todo lo que me choca? Le cupieron la amenaza, el ninguneo y ese tono del final que detesto, ¡la cerecita del pastel!"

Durante el trayecto hacia el consultorio, el espacio y el tiempo se inundaron con el entusiasmo de Inés. Segura de que sería elegida para la obra musical, imaginó en voz alta el papel, el vestuario, su actuación y hasta los aplausos.

Alma parecía distraída. No creía que ésta fuera una oportunidad "única y extraordinaria" en la vida de su hija, la más mediana, como le gustaba llamarse cuando era niña.

Se estacionó frente al consultorio de la doctora Guridi y dio instrucciones a Emilia.

—Falta un buen rato para la cita, aprovecha y estudia. Yo regreso a enterarme de los resultados de la evaluación.

Sintió la mirada atenta de Larismar. Se dirigió a ella articulando con cuidado y haciendo muchos gestos.

—La doctora te hará unas pruebas. Si oyes, aunque sea un poquito, te pondrán unos aparatos iguales a los de Emilia.

Un ademán muy claro mostró que la joven no quería aparatos.

—Oirás mejor y quizá puedas aprender a hablar —explicó Alma, condescendiente.

Enseguida, las manos de Larismar se movieron para anunciar: "yo sí hablo". Alma y Emilia no entendieron las palabras que trazó en el aire.

Tras despedirse, fueron directamente hacia la mesa de la señorita Rosi, quien le ofreció a Emilia el chocolate y la sonrisa de cada cita.

—Hoy vengo sólo de acompañante.

Rosi abrió su agenda y confirmó:

—La cita de las seis es para Larismar, ¿eres tú?

—Sí, es ella —fue la respuesta de Emilia, aunque la niña ya había afirmado con un gesto.

—Me encanta tu nombre —le dijo Rosi.

Emilia vio a la recepcionista darle dos chocolates y una sonrisa de verdad.

Al sentirse observada Rosi aclaró.

—A los nuevos les toca doble.

Emilia se fue a su rincón con sus apuntes de matemáticas. Larismar a la esquina opuesta, donde se entretuvo hojeando una revista.

Era una de esas publicaciones médicas con fotos horrorosas de piernas gangrenadas, tumores en el cuello y deformidades múltiples. Optó por ver a Emilia: leía detenidamente diez segundos, cerraba los ojos murmurando casi sin abrir los labios y vuelta al cuaderno, así durante quince minutos, sin cambiar la página, hasta que se descubrió vigilada.

Las dos jovencitas se encontraron. Una sonrisa franca y espontánea desarmó a Emilia. Antes de darse cuenta, ya había invitado a Larismar a sentarse junto a ella. En silencio, revisaron el cuaderno, descubriendo las figuras y los procedimientos para determinar las áreas. Larismar señaló el triángulo y dibujó en el aire un signo de interrogación. Emilia, al comprender que le preguntaba la fórmula para sacar la superficie, escribió en su cuaderno:

Base por altura sobre dos.

Larismar trazó una palomita en el aire, y así encontraron la manera de repasar la lección.

Ésa fue la primera cosa que hicieron juntas.

Quince fórmulas y quince palomitas después, las llamó Rosi. La doctora estaba lista. Emilia le pasó el brazo sobre el hombro a su compañera para animarla.

Juntas se dirigieron hacia el cubículo.

Olivia Guridi las hizo sentirse bienvenidas con la cordialidad de un afecto largamente cultivado. Al detectar el miedo en el rostro de su nueva paciente, la hizo sentarse y llamó a Rosi diciendo:

—Necesito una intérprete.

Rosi llegó rapidísimo y empezó a mover las manos a toda velocidad.

Fue una sorpresa para las dos: para Emilia, porque no tenía la menor idea de que Rosi hablara lengua de señas; para Larismar, porque le devolvió la palabra que tanta falta le hacía desde su llegada a la ciudad.

Emilia reconoció, una vez más, la paciencia de Olivia. Les dio explicaciones acerca de la audición, aclaró el significado de la frase "restos auditivos", y cómo gracias a esos aparatos se podían medir. Al mismo tiempo, Rosi traducía con las manos. A Emilia le maravillaba ver y oír dos lenguajes a la vez.

La audióloga guio a Larismar a la cabina y dio inicio a las pruebas. La niña se veía relajada y tranquila. El gesto de la doctora Guridi era más concentrado al avanzar las etapas del examen. Emilia observaba en silencio y se descubrió pidiendo al cielo, de corazón: "Que sí pueda, por favor, que sí pueda".

Alma salió confundida del concurso de Inés. Por una parte sentía un gran alivio porque no la eligieron y por otra, una pena solidaria por la frustración de su hija. No hablaron en las primeras cinco cuadras.

—Estoy muy gorda —sollozó Inés.

Su mamá detuvo el coche para abrazarla. Habló cuidando cada palabra. Le explicó cómo a veces le damos poder en nuestra vida a verdaderos extraños.

—Es un productor profesional, un experto —repuso la jovencita.

—Expertos en belleza somos todos. Ese señor es juez sólo en su obra musical. Nada más.

—Escogió a Romina porque es muy delgada.

—Quizá eso es lo que él necesita. A lo mejor va a disfrazarla de lombriz.

El chiste no le hizo mucha gracia a Inés. Alma volvió a hablar en serio.

—No permitas que el juicio de ese señor modifique la opinión que tienes de ti misma. Hace sólo tres horas te sentías guapísima.

No supo si de veras consoló a su hija. Llegaron al consultorio más tarde de lo previsto. Inés prefirió quedarse en el coche "a pensar".

Alma encontró a Rosi y a Larismar en intensa plática. Las manos les volaban. Emilia, puesta al margen de la charla, intentaba descubrir algo en sus señas o en sus gestos, saber qué resultados obtuvieron en las pruebas, pero fascinada por el va y viene de las manos no se atrevía a interrumpir. Su mamá, sí.

—Buenas tardes. ¿Cómo le fue a Larismar? —preguntó directamente.

—No estoy muy optimista, su pérdida auditiva es muy profunda —dijo Olivia mientras Rosi traducía.

—Entonces, ¿no hay nada qué hacer?

Un timbre de desilusión marcaba la voz de la mamá de Emilia.

—Los padres de Larismar han hecho lo adecuado, le dieron un lenguaje y apoyaron su educación. Lee y escribe bastante bien. Es una chica muy inteligente.

Emilia vio el orgullo de Larismar. No parecía decepcionada por el diagnóstico.

Antes de despedirse, Emilia no pudo contener su curiosidad y le preguntó a Rosi:

—¿Cómo aprendiste a hablar con las manos?

—Es mi lengua materna —dijo y signó la enfermera—, mi madre es sorda.

Premonición
cumplida

Cincuenta y dos pares de ojos se clavaron sobre Emilia ese viernes a las once y media, recién terminado el recreo, cuando la maestra dijo:

—Los grupos A y B de primero de secundaria, pasen al auditorio.

Era un anuncio inequívoco: habría examen.

El murmullo en el patio creció como el de un avispero. Los que estaban en el secreto, que eran todos los compañeros de los dos grupos, afinaron el oído para escuchar las voces:

—¡Fue una premonición!

—¡Lo soñó!

—Es que lee la mente, ¿no te has fijado con qué atención mira a cada uno?

La única incapaz de descifrar el susurro creciente era Emilia. Se quedó en blanco hasta toparse con Diego:

—Voy a empezar a creer en tus pesadillas.

—¿Estudiaste? —quiso saber Emilia

—Más o menos —titubeó Diego—, aunque me iría mejor en uno de zoología.

Buscaron con los ojos a Andrea. Estaba al final de la larga fila que se formó para entrar al auditorio. Distraída en estirar sus calcetas, tardó en verlos. Al fin les hizo un guiño de complicidad y una seña que anticipaba: todo bajo control.

Emilia recordó a Larismar al observar cuántos signos se hacían unos a otros en la clase. Había miradas intencionadas, gestos burlones, muestras de simpatía o de rechazo evidentes para los poseedores de las claves en las relaciones del grupo.

"En realidad, todos hablamos con señas", pensó.

La maestra López los hizo sentar, cuidando que quedara una banca vacía entre cada par de estudiantes para evitar que copiaran. Les dio la sorpresa de la prueba de matemáticas y fue directo al pizarrón a escribir los datos del problema que debían resolver.

Se trataba de precisar el volumen de agua que cabía en un cilindro. Anotó el radio y la altura y luego, sin voltear hacia el grupo, terminó de dar las instrucciones en voz alta. Quería que calcularan en cuánto tiempo se vaciaría el dichoso cilindro si tiraba agua a razón de catorce litros por hora.

Emilia sabía de memoria la fórmula: área de la base por altura. Ya que la base en este caso era un círculo, era necesario multiplicar *pi* por radio al cuadrado. Hizo las operaciones y verificó dos veces los resultados, entregó el examen y fue a esperar a sus compañeros en el pasillo. Sorprendida de la tardanza, revisó el cuaderno para asegurarse de que su memoria no había fallado.

Veinte minutos después, ya todos estaban fuera. Los llamó la maestra de español y entraron de nuevo al auditorio. En una esquina, la maestra de matemáticas corregía los exámenes; en la otra, la de español explicó las reglas del juego:

—Harán una composición libre, sobre lo que ustedes quieran, en tres cuartillas, sin una sola falta de ortografía.

—¿Ninguna? —gritaron en coro, alarmados.

—Ni una sola —fue la respuesta precisa de la maestra.

Emilia traía en la cabeza el tema: "lo que dicen nuestros gestos", así que contó lo descubierto a través de Larismar.

Diego divagó unos momentos hasta descubrir que ése era su día de suerte; el programa de la tele le serviría para resumir sus conocimientos sobre la vida curiosa de los animales, sin hacer preguntas ni explicar las causas. Nunca sabía cuándo se ponía *porqué, por qué* o *porque.*

Andrea no lograba escoger el tema. Al fin se atrevió a narrar la visita de su tía Matilde y el misterio de las sonrisas robadas.

El resto de sus compañeros relataron historias de terror, risa o aventuras, siempre con letra grande para llegar a las tres páginas lo más pronto posible. Buscaron los sinónimos que les permitieran esquivar las palabras de difícil ortografía.

En una hora, todos habían concluido. La maestra caminó por los pasillos recolectando los textos. En ese momento una voz cortante y seria dijo:

—Quédense en su lugar para que reciban sus calificaciones. Estoy atónita. Éste no parece un examen sorpresa. Casi todos acertaron con las fórmulas.

La maestra de matemáticas sonaba desencantada de no tener a quién regañar.

Pasó lista dando las notas. La mayoría obtuvo más de siete, lo cual en su clase era francamente notable. Aunque algunos se equivocaron en las operaciones, los alumnos supieron cómo sacar el volumen de un cilindro. Cuando llegó a Emilia se detuvo.

—Resolviste sólo la mitad del problema, te olvidaste de la segunda parte. Dije muy claramente que quería saber en cuánto tiempo se vaciaría el cilindro si tira catorce litros de agua por hora, así que tienes cinco.

Emilia se puso roja. No estaba acostumbrada a reprobar y tenía la certeza de haber seguido cada uno de los pasos. Como la maestra le daba la espalda, nunca se enteró de la segunda parte.

Andrea saltó en su defensa. En un dos por cinco ya estaba frente al escritorio de la maestra, hablaba a gritos:

—Usted dio las instrucciones mirando al pizarrón, por eso Emilia no le entendió. ¡Es su culpa!

A Emilia le conmovía la solidaridad de Andrea, la justiciera, pero le daba miedo su ira.

En medio de su arrebato, la abogada defensora no advirtió la mirada insistente de la maestra. Sus amigos, en cambio, vieron todo lo que se venía en tropel cuando a Andrea se le resbalaron las calcetas y dejaron al descubierto el formulario de geometría en la pierna izquierda y el manual "escriba sin equivocarse" en la derecha.

—Quiero ver a tu mamá aquí, mañana, a primera hora —sentenció la maestra

Andrea vio al mundo doblarse sobre sus orillas y convertirse en una bomba compacta que le cayó encima.

Cuando, a las once de la mañana en punto, don Germán se disponía a "hacer la cuadra", Leonora se dispuso a la plática mientras recibían las verduras y Rogelio, el barbero, pensó que tenía cuarenta y cinco minutos antes de que su amigo llegara a comentar las noticias de la primera plana.

Ante la sorpresa de los vecinos, esta vez el dueño del kiosco empezó por el final, enfilando derechito a la panadería; aunque era un hecho de todos conocido que a esa hora Eustaquio cocía el bolillo y no estaba para visitas.

"Lo que urge, urge", se repitió don Germán, acelerando el paso.

El panadero habría corrido a cualquiera que osara interrumpir su espera frente al horno; sin embargo, cuando vio a su amigo, el único prudente, paciente y metódico, imaginó que algo grave orientaba sus pasos.

—¿Qué te trae por aquí a estas horas?

—La curiosidad, Eustaquio.

Torciendo sus costumbres, Eustaquio se retiró del fogón y después de acercar dos taburetes al mostrador, puso en un plato las aceitunas y el queso que guardaba para la hora de la tertulia.

Don Germán lo dejó hacer y fue directo al grano:

—Ayer te visitó un señor que no es de por aquí. Te preguntaba por un niño. ¿Quién es?

—Un periodista con una historia extraña —fue la respuesta de Eustaquio, mientras rebuscaba en el cajón de los dineros hasta encontrar una tarjeta que le extendió a su amigo.

—"Ramón Landa, editor" —leyó—. ¿Cuál es la historia?

—Anda averiguando quién es su sombra.

—¿?

—El jueves pasado alguien lo había seguido de cerca durante toda la jornada: entró al edificio donde trabaja para acecharlo desde el descanso de la escalera, lo miró comer desde un rincón cerca del restaurante, rastreaba su caminata por el parque. A pesar de que él no lo ha visto, varios conocidos le comentaron que un niño, idéntico a él, lo anda siguiendo como un espectro.

—Y, ¿quién es?

—Nadie sabe, a mí me parece que es un cuento para Leonora, diría que a ese joven "lo persigue su propia infancia". Aunque a leguas se nota que él no cree en esas cosas. Se empeña en cazar al espía de sus pasos.

Eustaquio se despachó la botana sin que su amigo probara bocado, y continuó:

—Por cierto, te irá a buscar al kiosco a la salida de la escuela. Yo le dije que si alguien conoce por su nombre a todos los niños del barrio, ése eres tú. Yo, ya sabes, a todos los veo iguales: latosillos impertinentes que se roban los hojaldres.

El silencio que siguió le dio a Eustaquio una pausa para asegurarse de que el pan se cocía parejo y a su amigo, un espacio de reflexión: tenía que evitar, a toda costa, que Diego y el periodista se encontraran, sin más ni más, enfrente de su puesto a las dos en punto.

Veinte años de amistad lo autorizaban a pedirle a Eustaquio algo insólito.

—¿Podrías llamar a ese señor y decirle que prefiero encontrarlo a las cinco, en la entrada del parque? Hoy cerraré temprano.

—¿Y cómo te va a reconocer?

—No te preocupes, su cara me es muy familiar.

A esas horas, en el aula, cada uno de los tres amigos cargaba su costal de pesares.

La respuesta colérica de la maestra le había enfriado a Diego el gozo de haber resuelto el examen.

El rostro de Andrea perdió su expresión retadora. Refugiada

en un agujero negro, en el fondo de sí misma, se protegía del miedo. Ni siquiera escuchó a Emilia iniciar su perorata: insistía a gritos en que todo era su culpa, que ella debió haberle explicado a la maestra su incapacidad de entender si no veía decir las cosas, que no le importaba la calificación porque el siguiente mes estudiaría mucho, que Andrea abogaba apasionadamente por sus amigos y eso era una gran cualidad... Allí se le quebró la voz.

A partir de ese momento su defensa se empantanó en un sonido cada vez más metálico que convertía sus palabras en ruido sin sentido

Ante la mirada atónita de Diego, sus compañeros y sus maestras, Emilia se fue convirtiendo en una niña menesterosa, insegura, incapaz de expresarse.

La maestra López ya ni pensaba en la reprobada. Hasta se dijo dispuesta a hacerle un nuevo examen sorpresa cualquier día de la próxima semana. Lo que la intrigaba y le producía un rabia infiniiiiiiiiita era que alguien llevara acordeones y, todavía más, que otro alguien se hubiera enterado, "por quién sabe qué medios", del examen sorpresa.

Al decir esto último, su mirada acusó de alta traición a la seño Rebe.

El enredo era cada vez peor. Ahora las maestras se enfrentaban en una discusión muda, con un tono belicoso que se sentía en el aire.

Ninguna de las dos oyó a Emilia explicar en la orilla del llanto:

—Yo fui, yo les dije que tenía la corazonada de que habría exámenes.

El concierto de risas y voces se inició a la una y media y fue el aviso puntual de que terminaba el receso para don Germán. Era la salida de los pequeñitos del jardín de niños. Mientras el buen hombre los contemplaba jugar mientras caminaban de la mano de sus mamás, tres pasitos para adelante y otros cuatro para atrás, organizaba el mostrador de su kiosco para la venta de las dos de la tarde.

Un puesto de periódicos de barrio tiene la ventaja de que la mayor parte de sus clientes son fijos. Don Germán alistó los quince periódicos vespertinos que vendía regularmente; la revista de cocina de la mamá de Sandy; la de modas que siempre pedía la maestra Almendra; una de política y otra de computación que compraba cada semana la mamá de Javier y los demás pedidos de su lista.

Dispuso la mercancía para que sus clientes se despacharan solos, pues necesitaba tiempo para Diego.

Antes de que terminara de armar sus ofertas, llegó Diego.

—¿Por qué tan temprano? —lo saludó.

—Tuve un día horrible —fue la respuesta; cambiando de tema, sacó de su mochila el primer tomo de *El conde de Mon-*

tecristo—. Ya descubrí por qué te interesaba que lo leyera. Tú eres mi abate, ¿verdad?

—Nunca lo he visto así —sonrió halagado don Germán—. ¿Te atrapó?

—Aunque al principio me costó un poco meterme, después no podía soltarlo. ¿Tienes la segunda parte?

—Aún no la devuelve Emilia.

—Qué raro, ella lee rapidísimo. A lo mejor fue por el examen.

—¿Me podrías dar el teléfono de tu mamá en el trabajo? —le pidió don Germán y aclaró—. Tengo algo para ella, son unos fascículos que le faltan de la enciclopedia.

Diego sacó una pluma y le escribió los datos al borde del crucigrama a medio resolver que estaba encima del mostrador. Quería platicar, así que trepado sobre el banquito, se acodó en una pila de diarios. Esperaba la pregunta de don Germán:

—¿Por qué fue tan malo este día?

Era lo único que necesitaba para soltar una crónica puntual de todos los enredos que suscitó el examen sorpresa, desde el oportuno sueño de Emilia, hasta su llanto final y el rostro inexpresivo de Andrea. En la voz de Diego se notaba que las lágrimas y el miedo de sus amigas le irritaban la garganta

Don Germán opinaba sólo sobre pedido.

—Tú que conoces a la maestra López desde chiquita, ¿la crees capaz de aceptar que Andrea estudia con acordeones y que no los hizo para copiar?

—Difícil, difícil —meditó en voz alta.

—¿Y crees que entienda que Emilia tuvo una premonición?

—Todavía más difícil.

Interrumpidos por un cliente, don Germán miraba a Diego por el rabillo del ojo mientras atendía al comprador. Reconoció la mirada concentrada, las manos y los pies inquietos que anunciaban algo importante a punto de brotar.

Se sentó frente a él, con mirada atenta, en paciente espera. Por fin lo soltó:

—Creo que mi mamá ya hizo cita con *él*, porque ya hasta escogió el vestido que se va a poner y me dijo que tenía una reunión muy importante.

—Tal vez es del trabajo

—¿Cómo crees? —se rio Diego.

Vieron salir de la escuela a Emilia y Andrea: juntas, calladas, la mirada baja. Diego se despidió de su amigo con un ademán y se acercó a ellas. No dijo nada, sólo se adecuó a su paso. Sin hablar, los tres se sintieron acompañados.

Esa tarde, Andrea no salió del silencio. Su mamá, ocupada como estaba en los preparativos de su comida para el fin de semana, ni lo notó. Su papá llegaría tarde; había ido a platicar con Germán, su viejo amigo, así que el único ruido en la casa era el de la batidora.

Andrea no quería pensar y lo logró dormitando largo rato.

Luego discurrió que no tendría sueño en la noche y sus dificultades se agigantarían. Los problemas eran iguales a los agujeritos en las sábanas. Cuando se acostaba eran casi imperceptibles, en la noche les daba vueltas y cuando amanecía, toda la tela estaba rasgada y sus tribulaciones se habían hecho insolubles.

Necesitaba encontrar una fórmula para darle la noticia a su mamá.

Escribió algunas en su cuaderno:

Mañana hay una junta urgente en la escuela a las ocho, tienes que ir.

La maestra López necesita una de tus recetas, creo que la del postre que llevaste a la última reunión. Se muere de ganas de hablar contigo mañana, a las ocho.

A las ocho de la mañana habrá un simulacro de temblor y las mamás deben asistir.

Buscaba una buena artimaña para hacerla llegar a la escuela. Ya en el lugar de los hechos, se enteraría de todo. No iba a adelantarle la sorpresa.

Tachó todos sus pretextos, uno por uno. Ni ella los creía.

De manera mecánica sus dedos tomaron el lápiz con la mano izquierda y con letra zurda y torpe escribió aquello que no se atrevería a decir:

"¡Ayúdame, mamá!"

Lo que Emilia necesitaba era un poco de atención. Que alguien se diera cuenta y preguntara: "¿Qué te pasa?" Sin embargo, esa tarde ella y sus problemas parecían invisibles.

Sus papás estaban concentrados en unos números tercos y rebeldes que no querían cuadrar. La semana anterior organizaron una gran fiesta, con invitados exigentes y le pusieron tanta crema a los tacos que salieron perdiendo.

Mara se posesionó del teléfono y llevaba una hora en intensa plática con su mejor amiga. Como la bocina le cubría los labios, Emilia no supo de qué hablaban; sospechó que del Premio.

En la cocina, Inés preparaba, receta en mano, una olla enorme de sopa de verduras. Pretendía que ése fuera su único alimento durante las próximas dos semanas.

Emilia rondó por la casa buscando atención; no la halló y fue a leer el capítulo final de *El conde...* No se concentró. La perturbaban las lágrimas de Mara en el teléfono, los proyectos de enflaquecer de Inés y las cuentas rebeldes de sus papás, pero sobre todo el ruido intenso que traía por dentro.

Se asomó a la ventana. Larismar trajinaba en el patio entre pilas de cajas. Alguno de los vecinos se iba a mudar. ¿Quién sería? La vio sentarse en el único asiento soleado y hacer a un lado sus cuadernos para hacerle lugar a Samanta y dedicarse a acariciarle el lomo.

En ese momento la joven levantó la vista y se encontraron. Larismar hizo un gesto para invitarla, al tiempo que le hacía un lugar en la banca. Sin muchas ganas, por pura ociosidad, Emilia decidió acercarse.

En cuanto la tuvo enfrente, su nueva amiga hizo la pregunta con las manos y un gesto que decía:

—¿Qué te pasa?

Emilia pensó en la paradoja de que quien no oía era la única dispuesta a escuchar.

La atención concentrada de Larismar hizo que Emilia usara todos sus recursos para tratar de narrar todo lo sucedido desde que le pusieron los lentes hasta que se le cayeron las calcetas a Andrea. Se lo contó con gestos, con pantomima, usando dibujitos y escribiendo. Nunca sabría qué de todo eso entendía Larismar pero, paso a paso, demostraba interés, simpatía, susto y preocupación, hasta llegar a la interrogante final de Emilia.

—¿Ahora qué voy a hacer?

En un gesto solidario Samanta dio un salto a su regazo.

Larismar colocó su mano abierta sobre el corazón. Lentamente trazó un círculo envolvente y en un mismo movimiento la subió hasta la boca. Parecía decir "que tu corazón hable" y escribió en su cuaderno: "verdad sincera".

La muda respuesta dejó a Emilia pensativa, al tiempo que acariciaba a la gata.

La sonrisa robada

El destino no usa reloj, aunque suele ser estrictamente puntual. Esa tarde, que don Germán había planeado muy corta, se fue tornando intensa.

La primera visita inesperada fue la de la seño Rebe. Aparentemente, venía sólo a comprar el periódico de la tarde.

—Uno que tenga los cines —especificó.

Después de pagar, le dijo en un tono confidencial:

—Maestro, quisiera hacerle una consulta…

Allí fue donde don Germán supo que no era una visita casual. Conoció a Rebeca cuando era una niña de siete años y ya desde entonces sabía que cuando lo llamaba maestro y usaba ese tono, estaba en problemas.

Fue su profesor en primero de primaria. Él le enseñó a leer.

Durante cuarenta años, don Germán fue maestro en esa escuela. Cuando llegó la hora de su jubilación, no pudo separarse más de cien metros de la risa de los niños y decidió comprar el puesto de periódicos que le garantizaba que, por lo menos a las ocho y a las dos, la vida se le alegraría con las voces que más amaba.

Tras bajar la cortina del kiosco que daba a la avenida, se sentó en un banco y le ofreció el otro a su alumna de tanto tiempo atrás.

—¿En qué te puedo ayudar?

—No quiero ser injusta.

—No querer ya es un buen paso —afirmó el viejo maestro.

—Hoy tuve un día terrible.

—Ya lo sé. El asunto del examen sorpresa.

—¿Cómo se entera de todo?

—A este árbol casi seco se acercan muchos pajaritos —sonrió don Germán.

—Pues entonces sabrá que Prudencia montó en cólera.

—Ya me contaron esa parte. ¿Dónde está tu injusticia?

—Creo que debo detenerla, pero no sé cómo. No quiere ni hablar conmigo, ya sacó sus conclusiones. Piensa que yo le avisé del examen a Emilia porque es mi preferida y que ella lo difundió entre el resto del grupo.

Invitándola a seguir, don Germán la miraba atento.

—Hay algo que me preocupa aún más —continúo la maestra—. Hizo llamar a la mamá de Andrea y eso sólo va a agravar las cosas. Mire la composición que me entregó la niña esta mañana.

El maestro leyó con detenimiento las cuartillas que le tendió. Ella lo observó conmoverse y pensar con cuidado lo que iba a decir...

—Hazme el favor de comunicarle a Prudencia que la quiero ver aquí mañana a las siete.

Usó un tono muy poco frecuente en él, uno que dejaba muy clara su autoridad.

Las citas puntuales se encadenaron esa tarde, confirmándole a don Germán la presencia activa del destino. Todavía estaba con la seño Rebe cuando vio acercarse a José. Es tarde de exalumnos, dijo don Germán para sí. Apenas tuvo tiempo de pedirle discretamente a la maestra de español:

—¿Me podrías prestar este texto? Te lo regreso mañana.

Rebeca se alejó del puesto de periódicos con muchas dudas sobre lo que don Germán planeaba, y muy segura de que había conseguido un aliado poderoso.

La plática entre el viejo maestro y José, el papá de Andrea, fue corta y contundente. Fue así:

—Te quiero pedir que ayudes a una de mis amigas. Es una niña brillante, honesta, rebelde... igual que hace muchos años eras tú.

José estaba perplejo. Ni él recordaba que alguna vez fue así.

—Esta niñita necesita ayuda urgente. Su mamá está citada

para mañana en la escuela. Lo que suceda en esa reunión puede quebrar su espíritu y apocarla para siempre.

José se miró en ese espejo. Titubeaba al tomar el papel que don Germán le extendía.

Lo leyó una y otra vez, parecía estar memorizándolo. Era la historia de las sonrisas robadas. Le produjo un pozo de tristeza. Cuidadosamente marcó los dobleces de la hoja y la devolvió. Sin una palabra más, emprendió el camino de regreso a su casa a paso lento y, no obstante, firme.

Don Germán apenas alcanzó a meter las revistas, cerrar el puesto con los tres candados que resguardaban su mercancía y emprender el camino al parque donde iba a encontrar a Elisa.

¿Por qué le dirían alameda a ese jardín sin un solo álamo? Había, eso sí, jacarandas, que en esa época del año estaban pelonas, sin chiste, y que en primavera estallarían de gusto y de color; también setos recortados parejitos a lo largo de las ocho veredas que llevaban a la fuente, al fondo, y reunidos en una tertulia, pinos, cipreses y araucarias. Hasta había unas palmeras alocadas, fuera de lugar, pero álamos, ninguno.

Apenas entró, la vio sentada en el último banco. Ése que Diego y él usaban en sus confidencias. No traía su vestido rojo sino un traje azul marino, discreto y formal, que usaba como uniforme para el trabajo.

No se saludaron, simplemente continuaron la plática que iniciaron por teléfono.

—Estará aquí en cinco minutos.

—Necesito conocer su reacción para preparar a Diego —comentó ella y respiró hondo buceando hacia adentro para encontrar toda la calma que requeriría.

Lo vieron pasearse nervioso alrededor de la fuente. La mamá de Diego reconoció el pelo tupido y rebelde que cada mañana le aplacaba a su hijo.

—Ve, Elisa, aquí te espero —dijo don Germán al desdoblar el periódico, dispuesto a terminar su crucigrama.

Poco a poco, la sorpresa le fue abriendo camino a la curiosidad. Emilia quería aprender ese lenguaje, tan preciso y claro, que su amiga hablaba con las manos.

—¿Cómo se dice casa? —le preguntó al tiempo que dibujaba una casita y un signo de interrogación

Larismar juntó las palmas y formó un techito.

—¿Y amiga? —escribió Emilia

La vio tomarse una mano con otra, en un saludo apretado.

—¿Mamá?

Se llevó a los labios el índice, el cordial y el anular.

Emilia fue escribiendo cuantas palabras se le ocurrían y su amiga le mostró que cada una tenía su seña.

—Y tu nombre, ¿cómo se hace? —preguntó por escrito.

La joven lo deletreó moviendo los dedos. La expresión de Emilia la delató; no había entendido nada. Larismar le hizo el

signo de que la esperara un momentito y corrió al departamento de doña Luisa. Regresó en dos minutos. Traía un libro en la mano. Era un texto de lenguaje manual y en la primera página había un abecedario. Arriba de cada letra aparecía una mano en una posición particular. Las señaló al tiempo que las trazaba para que su amiga las aprendiera. Repasaron más de diez veces el alfabeto de la *a* a la *z*, y al fin deletreó: "E-m-i-l-i-a".

A continuación Emilia, titubeante, apoyándose en las imágenes del libro formó L-a-r-i-s-m-a-r, y así fue como empezó a aprender.

El tiempo voló. Lo notaron cuando se encendieron las luces, en absoluto desorden: primero fue el departamento siete, enseguida el cinco, la cocina del cuatro, y otras más, hasta que todo el edificio quedó iluminado.

Antes de despedirse, Emilia escribió:

"¿Cuál es tu seña? ¿Cómo te llamas en señas?"

Larismar se señaló a sí misma y dibujó una sonrisa usando el índice para subrayar el contorno de su boca.

—¡Te llamas la sonriente! ¿Y yo quién soy? —preguntó con ademanes.

La joven señaló su ojo para decir mirar y luego marcó unas pestañas largas y rizadas.

—O sea, la mirona de las pestañas largas.

Tomó el cuaderno y escribió: "¿Inés?"

Larismar puso los brazos en jarras y un gesto retador.

Emilia se rio:

—Así es mi hermana, aunque ésa también sería la seña apropiada para Andrea.

A continuación anotó el nombre de Mara. La observó poner cara de boba y suspirar.

—¿Enamorada? —adivinó, y ahora rieron las dos—. ¿Mi papá? —siguió averiguando.

Larismar hizo en el pecho el signo de bueno, que ya le había cnscñado.

—El de buen corazón —leyó Emilia; luego quiso saber—: ¿y mi mamá?

Larismar repitió la seña de bueno, esta vez llevándola a la frente.

—¿Buena cabeza?

Las interrumpió doña Luisa, que requería ayuda para meter las jaulas de los pájaros y cerrar el portón del edificio.

Mientras subía las escaleras, Emilia pensaba, admirada, en el don de su nueva amiga para captar la personalidad de los demás.

Entró en la casa y sintió el silencio. Ella lo percibía como una quietud densa. Alfredo, su papá, ya había recogido sus libros de cuentas y estaba tan concentrado leyendo en la sala que ni siquiera la vio pasar.

Entró en la recámara que compartía con sus hermanas. Sólo estaba encendida la luz de la mesa en donde Mara escribía. No levantó la mirada del cuaderno. Parecía estar resolviendo un examen muy difícil: de pronto se quedaba pensativa y mordisqueaba la tapa de la pluma, para retomar la tarea anotando rápidamente. Emilia se fijó en el cuaderno grueso, de tapas rojas y lo reconoció. Era el diario que alguien le regaló a Inés el día de su cumpleaños. Las tres hermanas habían estado de acuerdo en que era un "detallito cursi".

Miró a su hermana mayor con detenimiento. Los párpados enrojecidos y los ojos achicados delataban su llanto. Sin embargo, la mano corría sobre el papel con determinación. Mara no está triste, dedujo Emilia, sino enojada. Salió sin hacer ruido.

Inés y Alma seguramente platicaban algo importante, porque se habían encerrado en el estudio. En cuanto lo sospechó, lo confirmó. Inés salió justo a tiempo para darle paso a Mara. La puerta volvió a cerrarse y Emilia pensó: "es día de confesionario".

Emilia analizó a la "más mediana". No había el gesto retador imitado por Larismar. La vio ponerse pensativa unos segundos y, enseguida, entrar en acción con gran resolución. La vio ir derechito a la cocina, guardar el caldo que le llevó toda la tarde preparar y empezar a sacar cosas del refrigerador.

Los ojos de Emilia se encontraron con los de su papá, que también observaba sorprendido. Callaron la pregunta que los dos tenían en la punta de la lengua: "¿y tu dieta?" Entonces se oyó:

—¿Quieren merendar tortas?

Emilia pretendió ayudarla. Inés no le dio oportunidad. Se había instalado en la eficiencia: alineó todos los ingredientes sobre la mesa. La vio partir por la mitad cinco bolillos, calentar los frijoles, untar las rebanadas y colocar jamón y queso, para coronarlas, al final, con un poco de crema, aguacate y chiles en vinagre. Le quedaron sabrosísimas.

Como Alma y Mara seguían en la recámara, los tres saborearon sus tortas en silencio.

Emilia pensó que los secretos de esa tarde seguirían el mismo curso de siempre. Sus hermanas hablaban por turnos con su mamá, por la noche Alma le contaba a Alfredo y Mara e Inés cuchicheaban. Al día siguiente, cuando todo estaba en su lugar, se lo decían a ella, que era siempre la última en enterarse.

Para aderezar la cena, les platicó a su papá y a Inés lo aprendido con Larismar. Les enseñó el abecedario y la seña de Alma y Alfredo. Inés quiso saber cómo se decía su nombre, Emilia pensó que no era oportuno y dijo:

—Mañana le pregunto.

Llegó la hora de acostarse y Mara aún no regresaba al cuarto. En la oscuridad, Emilia empezó a repasar el abecedario que acababa de aprender, moviendo los dedos, para no pensar en los acontecimientos de ese día y en los que le esperaban a la mañana siguiente. ¿Tendría el valor de decir la verdad? ¿Con qué palabras? Intentó deletrearlas en el nuevo alfabeto. Apenas esbozado un tímido: "maestra López", sintió a su mamá recostarse en su cama para decirle al oído:

—Hoy no tuve tiempo para ti, mi muchachita, aunque te vi preocupada en la tarde. Todo tiene solución, recuérdalo.

Emilia fingió un sueño profundo mientras su mamá, muy cuidadosa, le quitaba los aparatos auditivos. Ella siguió dibujando letras hasta quedarse dormida, con sus temores apaciguados.

José, el papá de Andrea, decidió caminar los ocho kilómetros que separaban la escuela de su casa. A paso firme, la cabeza se le iba despejando. Recordó cada una de las palabras de la composición de su hija. Pintada así, Matilde parecía una bruja malévola y no la señora bien educada, estricta y puntillosa que los visitó en el verano. Sin embargo, reconoció que, aunque exagerada como siempre, de alguna manera Andrea tenía razón. La tía había robado las sonrisas de los tres.

El problema se inició desde el anuncio de su visita. Ella crio a la mamá de Andrea, desde los siete años, en una disciplina austera. Le gustaban sólo las cosas perfectas. La enseñó a bordar picándole las manos con un alfiler cada vez que la puntada no quedaba exactamente en su lugar.

Apenas llegó la carta, recordó José, su mujer empezó a ver toda la casa con los ojos de tía Matilde y pensó que nada pasaría la prueba. Remodeló la sala, hizo limpieza profunda y fue entonces cuando decidió que Andrea y de paso él, eran muy mal educados.

Los esfuerzos de la mamá de Andrea no fueron suficientes. El gesto reprobatorio de la tía Matilde lo hizo evidente desde que llegó. A la primera ojeada detectó que no contaban con una vajilla "decente", que Andrea no había aprendido a contener sus impulsos, que su ropa parecía la de un muchachito harapiento, que José dedicaba demasiado tiempo a leer y le sobraban al menos cinco kilos de peso. Su sobrina no estaba haciendo bien la tarea. No sacó sus alfileres. Bastaban sus ojos penetrantes.

En dos meses no bajó la guardia. Con la tozuda persistencia de un mosco en la madrugada, se dedicó a señalar todos los errores y a enseñarles a mirarse como ella los veía. Al final, a nadie le gustaba su propia vida.

José llegó a su casa completamente decidido.

Andrea merendaba en la cocina cuando él la abrazó diciéndole:

—¿Cómo está mi capullito?

La niña supo que con el sobrenombre recuperaba a su papá. Hacía mucho que no la llamaba así. Al principio no sabía el significado de su apodo, lo encontró en un libro de ciencias naturales: "flor sin acabar de abrirse". Andrea devolvió el abrazo sin palabras. Fue largo y suave.

Cenaron los tres en un silencio cómodo. Cuando Andrea dio las buenas noches, su papá le anunció:

—Mañana, levántate temprano. Yo te llevaré a la escuela. Quiero hablar con tu maestra.

Andrea recibió con alegría y sorpresa esa solución magnífica. ¡Nunca se le hubiera ocurrido! Por primera vez desde que se le cayeron los calcetines, se sintió fuerte.

Esa noche tardó en dormirse. Algo que no entendía transformó a su papá en la persona que tanto añoraba. A ratos se adormecía como mecida en sus brazos, de pronto sentía que la soltaba y se sobresaltaba. Vio los números fluorescentes de su despertador marcando las doce treinta. Oyó a sus papás platicando en el comedor. Ésa era otra novedad, novísima. El murmullo de sus voces la acompañó en el sueño.

Esa tarde el aburrimiento fue adueñándose de Diego; se notaba en sus gestos, en su vagar sin sentido de un lado a otro del departamento, en las cinco veces que abrió el refrigerador para constatar que nada se le antojaba, en el juego tedioso con el control de la tele, saltando de un canal a otro.

Ya en el colmo de la ociosidad, entró en su recámara y se puso a acomodar sus libros en orden alfabético, desde el *ABC de los anfibios* hasta *Zoológico sin rejas*, puso aparte sus textos escolares, hizo una pila con las historietas que coleccionaba, añoró el segundo tomo de *El conde de Montecristo*, que Emilia no terminaba aún, y le dio por buscar un lugar central para las tres novelas largas que había leído completas y para *Pelé, el magnífico*, que fue la primera lectura en la que don Germán logró interesarlo.

La mayor parte de sus libros llegaron envueltos para regalo. Había dedicatorias, con citas para recordar, de su amigo don Germán, otras muy cariñosas de su mamá. Los volúmenes más grandes, de pasta dura e ilustraciones brillantes, tenían el mismo recado: "Diego, ojalá te guste".

Había que reconocer que Saúl nunca se equivocaba al elegirlos; tampoco en el tamaño de sus pies, porque los "tacos" de futbol que le regaló por su cumpleaños parecían hechos a la medida.

Se acordó de lo bien que le caía cuando era sólo un compañero de trabajo de su mamá, siempre dispuesto a echar una cascarita o a resolver sus dudas de matemáticas. Extrañaba a ese amigo que había desaparecido cuando se enamoró de Elisa y ya no tuvo ojos más que para ella.

El teléfono sonó impaciente mientras Diego bajaba del cajón que había puesto sobre una silla para que le sirviera de escalera para alcanzar el último entrepaño del librero. Le ganó la contestadora pero oyó el mensaje al grabarse. Era una amiga de Elisa, extrañada de que hubiera faltado al trabajo esa tarde. Le recordaba que al día siguiente, a primera hora, debía entregar un documento.

Diego miró el reloj. ¿Adónde habría ido su mamá? ¿Por qué no llegaba? Se aseguró de que el recado se había registrado, dudó un momento sobre si hablarle a Andrea o no, pero decidió aguantar la curiosidad. Ya hablarían en la escuela.

Fue entonces cuando vio junto al teléfono la tarjeta con el

nombre y el número de su papá. ¿Y si su mamá le había hablado y en ese momento estaban juntos? Descartó la idea. Por la puerta abierta del cuarto de Elisa vio recostado en la cama, esperando su momento estelar, el vestido rojo de su mamá.

Cuando regresó a su recámara, Diego se imaginó a sí mismo mostrándosela a su padre. Le iba a gustar el librero ordenado, clara evidencia de que había heredado el interés por la lectura. Miró los carteles que adornaban las paredes: el del último mundial de futbol, la larga línea del tiempo que narraba la historia de los dinosaurios y el cuadro que le pintó su mamá cuando era bebé: era largo, como el cuello de la jirafa protagonista y hasta arriba se veía la cabeza rodeada de pajaritos. Lo tituló *Volando alto* y a Diego siempre lo hacía sonreír. Esta vez le pareció un motivo demasiado infantil. Lo guardó en el clóset. La pared desnuda y triste semejaba un hueco. Había que llenarlo y a Diego se le ocurrió una idea que le pareció genial: sacó del escritorio un largo artículo de su papá que había recortado del periódico y lo fijó con tachuelas en el muro.

Oyó el cerrojo de la puerta. Su mamá acababa de regresar, con expresión de ausencia y cansancio. Ella se acercó y le dio un abrazo mudo, sin juegos ni cosquillas, simplemente un abrazo, largo e inesperado. Aunque apenas acababan de dar las siete de la noche, fue a la cocina a preparar la merienda sin preguntar si había hecho la tarea o si vio demasiada televisión.

Tras meter al horno la pasta que iban a cenar, Elisa fue a su cuarto. Diego irrumpió mientras ella planchaba con meticulosidad su vestido rojo.

—¿Cuándo lo vas a ver?

La pregunta del niño se quedó en el aire como cinco segundos, mientras su mamá trataba de descifrarla.

—¿Cuándo voy a ver a quién? —fue la interrogación de respuesta.

—A mi papá, claro. Para eso estás planchando el vestido rojo, ¿no?

—Lo estoy preparando para el sábado. Es el cumpleaños de Saúl y habrá una fiesta a la que tú también estás invitado.

La desilusión de Diego fue enorme.

—Pero ése es el que te vas a poner para verlo a él.

Elisa buscó asiento para encarar tanta decepción. Había pensado guardar para sí la plática de esa tarde con José Ramón Landa. Ahora se dio cuenta de que tendría que enfrentarla esa noche.

—Mira, Diego, a tu papá lo vi hoy. Nos encontramos en el parque

—¿En esas fachas?

Elisa revisó su atuendo. Llevaba el traje sastre que usaba para todas las juntas en la oficina. Era un conjunto azul marino, bien cortado y discreto, que un día fue su lujo más preciado. Lo estrenó con una blusa verde que le quitaba el aire austero, pero esta vez la combinación era una camisa blanca que le daba aspecto de colegiala uniformada. ¿Desde cuándo se fijaba Diego en su ropa? Miró la prenda roja colgada en un gancho. El escote y los volantes de la falda fueron las pistas para entender la contrariedad de su hijo. Era su vestido más femenino. La hacía verse realmente atractiva. Por eso lo había elegido para el sábado. Quería estar guapa para Saúl, en realidad la mirada de José Ramón no le preocupaba.

—Diego, lo único que me une a tu padre hoy, eres tú. Entre él y yo, ya no hay nada.

—Pero si te ve muy guapa…

—No quiero ningún encuentro con él. Su vida es suya, yo tengo la mía.

—¿Y yo?

—Tú eres mi centro, Diego —le pasó el brazo por encima del hombro y lo atrajo hacia sí venciendo su resistencia.

—¿Le dijiste?

Elisa pensó que esa pregunta escondía muchas otras: ¿le dijiste que yo soy yo?, ¿que soy su hijo?, ¿que quiero conocerlo?, ¿que quiero que quiera ser mi papá?

—Sí, se lo dije. Ramón ya andaba tras tus pasos. Alguien le advirtió que un niño idéntico a él lo seguía como una sombra, el jueves pasado.

Diego saboreó una sensación nueva. Su padre lo buscaba.

—¿Cómo averiguó quién era?

—Es un periodista experimentado. Fue de entrevista en entrevista: un corredor de maratón que te vio caminar a paso forzado en los viveros; el mesero que te descubrió espiándolo mientras le servía de la sopa al postre; una secretaria que te sorprendió en el descanso de la escalera escribiendo en un cuaderno mientras mirabas insistente hacia su oficina; algún acomodador de coches que se tropezó contigo cuando estabas agazapado detrás de una camioneta enfrente del café donde desayuna a diario; al fin resolvió ir al punto de partida de esa mañana: la panadería que está en la esquina de la escuela. Le preguntó a Eustaquio si conocía a un niño que se le parecía. El panadero lo mandó al puesto de periódicos y así se fue trenzando nuestro encuentro de esta tarde.

—¿Por qué don Germán no me dijo nada?

—Le pareció conveniente que primero habláramos tu papá y yo.

—Por si él decía que no era mi papá, ¿verdad? —dijo Diego, suspicaz.

—Quizá —concedió su mamá.

—¿Y qué dijo?

—En cuanto vio tu foto, se reconoció en ti.

—¿Y qué dijo? —insistió Diego hambriento de detalles.

—Que necesita tiempo.

—¿Más tiempo? Yo lo estoy esperando desde que me di cuenta de que no tenía papá, como a los cuatro años.

—Necesita sólo unos días para asimilar la noticia.

El silencio de Diego pesó largo rato en la recámara. Elisa

quería adivinarle el pensamiento. Cuando habló, supo que todo ese rato había estado haciendo cuentas.

—¿No le dijiste que yo llevo dos mil novecientos veinte días esperándolo?

Amaneció despejado. En la noche había caído una tormenta con relámpagos y truenos. Por fortuna Emilia, cuyos aparatos auditivos descansaban en el buró, no pudo escuchar. La lluvia lavó la ciudad y todo parecía transparente. Al correr las cortinas, la luz entró sin ningún pudor.

Emilia disfrutaba la sorpresa de un cielo azul añil. La ponía de buen humor, se sentía ligera y con entusiasmo de empezar la jornada. Y así fue, hasta que, quince minutos después, se colocó los audífonos y vino a su mente lo sucedido en la escuela. Tendría que hacerse responsable de sus actos para evitar que culparan a Andrea o a la maestra Rebe de los enredos que ella y sus lentes provocaron.

En ese instante, cayó en la cuenta de que, a veces, el sol clarea equivocado. Una mañana gris y lluviosa hubiera sido más adecuada a los sentimientos que experimentaba.

Cuando llegó a la cocina encontró fruta y cereal en la mesa. Su mamá sirvió jugo de mandarina, que era el preferido de Emilia. Por eso le puso un vaso grande.

Muy resuelta, Inés anunció que a partir de ese viernes desayunaría muy bien, pero antes de eso iba a correr una hora en el parque. Su papá se ofreció a acompañarla y así, de paso, retomaría su rutina de ejercicios; por otra parte, no le gustaba la idea de que su hija saliera sola tan temprano.

Con la amplia sonrisa de Alma, a Emilia le quedó clarísimo que su mamá ganó la batalla contra las dietas exageradas.

Como si haber arreglado sus problemas personales abriera un espacio para su hermana pequeña, Inés se interesó en lo que había contado sobre Larismar y los apodos que inventaba en lenguaje manual.

Se abrió un compás de espera. Emilia, sin ganas de plática, iba a guardar el segundo tomo de *El conde...* para entregárselo a Diego y necesitaba tiempo para pensar cómo decir, al llegar a la escuela, lo que traía guardado.

Fue tanta la insistencia de Inés que Emilia volvió a su conversación con la sobrina de doña Luisa. A la única que no le hizo gracia fue a Alma. Por alguna razón no le gustaba su amistad con Larismar. Sólo dijo:

—Se supone que tú le enseñes a ella. No quiero verte haciendo señas, tú sabes hablar.

Camino a la escuela, Inés observó:

—¿Qué onda con mi mamá?, ¿desde cuándo le cae mal Larismar?

—No es Larismar —aclaró Emilia—, son las señas. Cuando me llevaba a la terapia no me dejaban usar las manos ni para rascarme.

En las once cuadras que recorrieron, sus hermanas no dejaron de hacerle preguntas sobre noticias atrasadas: su amistad con Larismar, Diego y su extraña desaparición del jueves anterior, los lentes nuevos, el resultado de los exámenes sorpresa. De pronto ardían en curiosidad por los sucesos que habían dejado pasar. Emilia, urgida de silencio para pensar, les daba el avión con respuestas cortas y evasivas.

Necesitaba darle vueltas al problema esencial de esa mañana; sin embargo, los conflictos no se presentan en orden, a veces se nos atraviesa la vida. Dos cuadras antes del colegio, Mara la atrapó con una cuestión que Emilia no se había planteado:

—Si tú hubieras podido escoger lenguaje, ¿preferirías las señas o hablar?

—¡Claro que hablar! —se entrometió Inés.

La pregunta iba dirigida a Emilia. Hizo una pausa. Quería darse una respuesta a sí misma. Le gustaba el lenguaje manual y había descubierto que era interesante aprenderlo. Larismar expresaba sus sentimientos con una facilidad que le sorprendía, como si se le transparentara todo en la cara. En cambio, ella siempre estaba buscando palabras que se le escapaban.

Pero si dijera las cosas con signos, ¿con quién hablaría? Seguramente no con Diego y Andrea. Era la primera vez que pensaba en eso. Así que sólo dijo:

—No lo sé.

Ninguna de las dos la oyó. Para ese momento Mara ya había

comenzado con su cháchara sobre el Premio. Al desconectarse de sus hermanas, Emilia aflojó el paso y se fue quedando atrás.

Recordó el gesto de disgusto de Alma. Estaba acostumbrada al apoyo siempre diligente de su mamá, a su paciencia, calmada y terca, para enseñarle. Era comprensiva e inteligente, ¿por qué ahora esa respuesta impositiva? ¿Pensaría que iba a dejar de hablar para comunicarse con puras señas? ¿Le molestaría que se notara tanto que su hija era diferente?

Cuando se detuvieron frente a la reja verde del colegio, Emilia cayó en la cuenta de que aún no había decidido cómo decir la verdad.

Al dirigirse a la escuela, Diego traía atorado el disgusto con su papá, a ratos el enojo se ensanchaba hasta abarcar a Elisa y a don Germán. ¿Por qué se prestó a concertar una cita entre ellos a sus espaldas?

Cuando dio la vuelta en la esquina pudo ver, en el puesto de periódicos, una escena singular. Don Germán se despedía de la maestra López y de la seño Rebe. Parecían viejos amigos y las dos colegas sonreían como si nunca se hubieran enfrentado delante de sus alumnos. ¿Qué hacía que en esa esquina se amigaran todos?

Se atrincheró en su enojo. Estaba dispuesto a pasar de largo, sin saludar, pero no pudo. Fue directo hacia su amigo.

—¿Por qué no me dijiste? —soltó de bote pronto.

—Porque no era el momento, Diego —contestó su amigo que sabía muy bien a qué se refería.

—Ah —fue la respuesta lacónica, y siguió su camino.

Con el impulso de alcanzarlo, don Germán salió del puesto. Se frenó porque conocía el valor de los silencios largos.

El niño no se detuvo hasta alcanzar el portón de la escuela, donde encontró a Emilia que lo recibió con cara de preocupación y *El conde de Montecristo* en la mano.

La casa de Andrea también amaneció iluminada. Ella estaba sombría. Su papá la iba a llevar al colegio y no alcanzaba a imaginar cuál sería su reacción cuando le dieran la noticia de que le descubrieron los acordeones que se pintó en las piernas para estudiar.

Sin pretenderlo, había delatado a Emilia. ¿Iban a admitir lo del sueño premonitorio? ¿Lo creyó ella misma? ¿Cómo se le ocurrió a su amiga lo del examen? ¿Por qué tanta insistencia en que estudiaran? Siempre supo que ella era observadora e intuitiva. La recordaba dale que dale, muele que muele en que era necesario prepararse para la prueba. Fue la certeza en su rostro lo que la convenció. La casa de Andrea olía a manzanas y canela. Su mamá había hecho tarta.

—¿A qué hora te levantaste a cocinar? —preguntó intrigado José antes de abrir el periódico en la sección de deportes.

—En realidad no me acosté, me desvelé pensando y al ver que ya amanecía, decidí hornear un pastel.

—¿Puedo servirme una rebanada para el desayuno? —pidió la niña al tiempo que se sentaba.

—Es para ti —fue la respuesta inusual de su mamá.

—Gracias —musitó Andrea.

Sonó extraño, como si la palabra, que no decía hace tanto tiempo, hubiera estado guardada en el cajón de un mueble viejo, rodeada de olorosas bolitas de naftalina.

Andrea notaba que las cosas sucedían ahora en otro ritmo, mucho más lento, más suave, desprendido de la rutina. Las palabras y los ademanes se expresaban con cuidado, estrenando sentidos nuevos.

Su papá cerró el periódico y lo apartó, renunciando a él para siempre.

Tras el primer bocado, a la niña se le salió, casi sin querer, un elogio:

—Te quedó delicioso.

Su mamá sonrió con una expresión que Andrea ya no recordaba. Quizá fue por eso que le dijo:

—¿Sabes? Diego dice que haces magia en la cocina —la sonrisa se hizo tan amplia que Andrea continuó—. Emilia piensa que sólo lo que se prepara con afecto sabe rico.

—Tu amiga tiene razón —y la sorprendió dándole un beso.

Andrea no supo cómo reaccionar. Corrió a lavarse los dientes. Necesitaba estar sola, pensar: ¿Qué estaba pasando en su casa? ¿Por qué estaban tan cariñosos? ¿Y si era una trampa y cuando regresara castigada de la escuela todo volvía a ser igual?

Hicieron el camino a la escuela en coche. Su papá no puso las noticias sino una música suave que fue meciéndolos durante el trayecto. Dejó de darle vueltas a lo que traía en la cabeza y se dejó ir en la serenidad de las notas.

José y su hija llegaron al colegio faltando cinco minutos para las ocho. No le soltó la mano cuando caminaron por el largo pasillo que llevaba a su salón. Andrea anticipó que la maestra López la iba a acusar. Extrañó el hueco que se le había formado en el estómago desde que se le cayeron las calcetas. Reconoció sorprendida: no tenía miedo. Da más fuerza saberse querida que saberse fuerte.

Eso no lo sabían Diego y Emilia, que los observaban desde el portón.

—¿Cómo le hizo para traer a su papá? ¿Le habrá dicho lo que pasó? —se preguntaba Emilia en voz alta.

—Me late que le contó un cuento chino —supuso Diego—. Le debe de haber inventado una junta extra urgente. Seguro que al señor le va a dar un patatús cuando se entere.

—La mamá de Andrea es la de los mil patutuses.

Se quedaron expectantes mientras sus compañeros entraban a clases y la maestra López y la seño Rebe, con una cordialidad tiesa, invitaban a la sala de juntas a la acusada y a su padre. Las puertas se cerraron una a una y en el corredor se hizo silencio: las ocho y cinco. Ninguno de los dos entraría a clase de geometría. Era la regla.

Diego tuvo la tentación de ir a la cancha de futbol con su amiga y contarle lo que le pasaba, mas las palabras huidizas no llegaron, así que se fue a la biblioteca a leer. Emilia no dijo nada. Su andar parecía incierto, aunque la dirección era precisa: paso a paso rodeó el edificio hasta llegar al jardín. Antes de que Diego entrara al área de lectura, ella se instaló en la banca del patio, ante el ventanal abierto de la sala de juntas.

Delante de sus ojos tenía a la maestra López y a Rebe. Le daban la espalda Andrea y su papá. Entonces, hizo algo que se había prometido no repetir nunca más: se acomodó los lentes y comenzó a leer:

—Andrea, explícale a tu papá, punto por punto lo sucedido ayer —ordenó la maestra López.

Concentrada en los movimientos de la boca, Emilia no se fijó en su expresión. No supo si la maestra había marcado sus palabras con el tono irónico que le ganó el apodo de la Aplanadora.

Mientras Andrea hablaba, lo único que Emilia percibía era el rostro inexpresivo, mudo, de la maestra López y el gesto solidario, ¿comprensivo?, de la seño Rebe. ¿Qué cara estaría poniendo el papá de Andrea? ¿Por qué no se sentó en el sillón azul para tenerlo a la vista?

No podía imaginar lo que, en ese instante, declaraba la indiciada ante el tribunal inquisidor. Las que se le vinieron a la mente de pronto, como si hubiera dado un clic en el archivo preciso, fueron aquellas palabras que anduvo buscando desde la noche anterior, aquellas que le servirían para decir la verdad.

"Oí que iban a hacer un examen sorpresa. No lo escuché con los oídos sino con los ojos. Lo leí en labios de la maestra López y la seño Rebe el día que estrené mis lentes. Me pareció injusto no compartirlo. Para no revelar mi secreto, inventé que soñaba un sueño premonitorio. Así fue."

Su mano derecha se movió con suavidad al repetir el gesto de Larismar: la palma extendida traza un círculo sobre el corazón, y sube lenta en dirección a la garganta, la boca y hacia fuera. Había logrado sacar las palabras desde su centro. Sintió una paz enorme.

Miró al frente. Las maestras seguían oyendo a Andrea, imperturbables. Fijándose bien, Emilia fue descubriendo a la López cada vez más roja, los ojos desorbitados y la mínima, casi imperceptible sonrisa de Rebe.

—Todo esto es inadmisible —leyó Emilia que dijo la Aplanadora—. Una falta de respeto tras otra.

—Permítele que termine —intervino la seño.

—No está dando explicaciones, sino pretextos —se puso de pie. Su gesto era amenazante y blandía el índice cual cinturón anunciando una paliza.

Andrea y su papá se levantaron del asiento y Emilia pudo ver a José pasándole un brazo por los hombros a su hija para acercarla a él, al tiempo que contestaba la andanada. Algo dijo con firmeza porque la maestra regresó a su silla y ellos también.

Desde el ventanal de la biblioteca, en el segundo piso, Diego, de tanto en tanto, observaba a Emilia mirar a Andrea sin suponer lo que estaba sucediendo.

A la bibliotecaria le intrigó ese niño de primero de secundaria instalado en el área de lectura a la hora en que debía estar trazando hipotenusas en la clase del maestro Quiroz. "Seguro se le hizo tarde", fue su diagnóstico. Podía haberlo reportado a la dirección. No obstante, cuando el muchacho cruzaba la sala, algo en su paso le advirtió su tristeza. Al verlo abrir el libro, meterse en la historia y mudar el semblante a medida que las aventuras de Edmundo Dantés lo iban atrapando, la señorita

Requena decidió hacerse de la vista gorda y darle el tiempo y el espacio que necesitaba.

Diego miró a Emilia quitarse los lentes empañados. La niña buscó un pañuelo en su mochila. Mientras los limpiaba, contempló la escena que tenía lugar en el salón de juntas y que ahora veía como un escenario teatral, ligeramente borroso.

Al colocarse los anteojos, pudo apreciar que era la López quien llevaba la batuta; lo denotaba su actitud.

Emilia leyó:

—Esto, definitivamente, merece un castigo… —la maestra hizo puntos suspensivos y cara de "prepárate para ser expulsada".

Entonces, la seño Rebe la interrumpió con un gesto enérgico que Emilia no le conocía.

—Mira Pr… —aquí no alcanzó a descifrar cómo la llamó—, antes de determinar una sanción, me parece que tú y yo tendríamos que… —Rebe se volvió hacia su colega y Emilia ya no supo qué era lo que iban a hacer.

La maestra de español, por fin, miró hacia adelante y continuó:

—Si Andrea y su papá se toman un refresco en la cooperativa, en quince minutos volveremos a hablar los cuatro.

José seguía abrazando a su hija. Así salieron del salón (mutis por la derecha, acotó Emilia, recordando las clases de arte dramático).

Apenas cerraron la puerta, vio los labios de la López vociferar, el rictus subrayaba enojo:

—Cómo te atreves, Rebeca, me desautorizaste frente al padre de una alumna.

Emilia distinguía perfectamente las palabras de la maestra de matemáticas. Resultaba muy útil que se pintara la boca con un labial llamado: rojo sangre apasionada. Veía claramente los movimientos de sus labios. "Nadie sabe para quién trabaja", se dijo.

—Cálmate y escucha —fue la orden de la seño Rebe, expresada en el mismo tono tranquilo con el que se lo pedía a sus alumnos; la López tardó dos minutos largos en serenarse y entonces la seño continuó—: ¿Por qué piensas que Andrea merece un castigo?

Su colega extendió la mano izquierda, el índice de la derecha marcaba uno a uno los dedos al tiempo que enumeraba:

—Uno, por copiar; dos, por presumir sus acordeones; tres, por llamarme injusta; cuatro, por no retractarse, y cinco, porque si sigue así, cuando sea grande...

—Va a ser igual que tú —la maestra Rebe completó la frase.

Seguro lo había dicho suavecito. Hablaba en voz baja cuando quería que le pusieran atención, aunque ahora sus palabras cayeron como una bomba sobre la cabeza de la maestra López, a quien Emilia miró enrojecer. Parecía a punto de explotar, pero le ganó la curiosidad:

—¿Y cómo soy, según tú, Rebeca?

—Igualita a *madame* Cejas Tiesas.

Emilia no estaba segura de haber entendido bien ¿dijo "cejas tiesas"? ¿Quién sería?

Respondiendo a su inquietud, la maestra López recordó:

—Era el terror de la escuela, la maestra más estricta que tuvimos. Le daba placer atraparnos, gozaba urdiendo castigos y cuando alguien muy empeñoso sacaba un diez, se sentía decepcionada.

Rebe ya no tuvo que decir más. La maestra López se descubrió a sí misma en las palabras que acababa de enunciar.

La niña vigía se rascó la pierna. La culpa le brotaba en urticaria. Otra vez andaba husmeando algo que no le correspondía saber. Se quitó los lentes y se fue a caminar hasta la portería más lejana del campo de futbol. Hizo el camino de regreso a paso de tortuga, tratando de convencerse de que iría directo a su clase, que guardaría como un secreto lo que leyó en los labios de sus maestras; no obstante, sus pies no se guiaban por la cabeza sino por el corazón. "Es muy difícil no meterse en lo que a uno sí le importa", pensó al colocarse nuevamente los lentes.

La escena era idéntica, pero ahora la López se había sentado en la silla que antes ocupó el papá de Andrea, y Rebe hablaba paseándose por el salón y moviendo la cabeza de un lado a otro. Parecía empeñada en que Emilia no pescara una sola frase completa.

—… nadie duda que eres una maestra excelente… educar va

más allá de… respeto no es temor… tú sabes… tú puedes… si tú quisieras.

Las frases entrecortadas eran la respuesta a las preguntas que Emilia no podía leer en la espalda muda de la maestra de matemáticas.

De pronto la López se puso de pie y fue directo a recargarse al ventanal. Ahora sí Emilia la ubicó en primer plano, a menos de dos metros. Podría leer cualquier cosa que dijera. La tenía peligrosamente cerca. "Me atrapará espiándola", se asustó Emilia.

Con toda la naturalidad que pudo fingir, la niña buscó su cuaderno de dibujo en el fondo profundo de la enorme mochila y se puso a copiar la escultura que coronaba la fuente en el centro del pequeño jardín.

Era un duende anciano que parecía escrutar el mundo a pesar de sus ojos ciegos. Su nombre era Liquidámbar y lo había bosquejado tantas veces para la clase de artes plásticas que casi podía pintarlo de memoria.

De cuando en cuando miraba de reojo hacia la sala de juntas. En una de esas ojeadas rápidas vio a las maestras engalladas frente a frente; en otra, Rebe parecía tratar de calmar a su colega; en la tercera, para asombro de Emilia, la López, recargada contra el vidrio, empezó a llorar.

Emilia, nerviosa, comenzó a guardar sus útiles. "¿Habrá visto que la observaba?", se preguntaba mientras sus dedos, de pronto torpes, tiraban el lápiz, perdían la goma y trababan el cierre de la mochila.

José inició un viaje al entrar al patio de la que un día fue su escuela. Lo recordaba enorme. Se vio a los ocho años cruzándolo en diagonal, montado sobre unos zancos más altos que él. Fue el único de su grupo en lograrlo. Ahora, caminando al lado de Andrea, sintió que no había sido tanto su mérito, pues lo atravesó en cuatro zancadas.

Repasó los edificios que cercaban el patio. Al frente, la dirección, las oficinas, la cooperativa. A la derecha los salones de los pequeñitos de jardín de niños; detrás de él quedaba la primaria, a su izquierda la biblioteca, la sala de juntas y las aulas de secundaria. En la parte de atrás del edificio debía de estar todavía el minúsculo jardín con la fuente de Liquidámbar y el camino largo que llevaba a las canchas deportivas.

"La escuela es la misma —pensó José para sí—, yo soy otro."

Miró a su hija comprar dos refrescos en la tiendita. La señora que la atendía, canosa y menos ágil, era aquella doña Lucy a la que le quedó a deber dos pesos hace veinte años.

Andrea lo invitó a sentarse y compartieron el pedazo de tarta que su mamá le había puesto para el almuerzo. Aunque apenas eran las nueve de la mañana, a los dos les dio hambre el enfrentamiento con la maestra.

—¿Sabías que Prudencia y Rebe fueron mis compañeras en quinto año?

—¿Quién es Prudencia? —preguntó Andrea con la boca llena.

—Prudencia López, la maestra de matemáticas.

—¿Se llama Prudencia? —rio Andrea—, ¿quién le puso un nombre tan equivocado? Debería llamarse Regla o Perfecta.

—De niña era divertida y bastante rebelde.

—¿Y qué le pasó?

—No lo sé, está irreconocible.

—¿Por qué no les dijiste quién eres?

—Prudencia está tan enojada que ni me vio. Rebe creo que sí sabe quién soy.

—¿Por qué no les dijiste?

—Porque hoy sólo soy José, el papá de Andrea, mi capullito.

Andrea sintió que de pronto la banca le quedaba chica.

La mesa que había elegido Diego para leer estaba al fondo del laberinto de libreros, junto a los ventanales. Cómodo y protegido en ese mar de libros, contempló el horizonte. Su vista abarcaba la inmensidad completa: hasta los volcanes y más allá.

Había decidido no pensar más en su papá, aunque era casi imposible, porque la historia de Edmundo Dantés estaba llena de padres que buscaban a sus hijos e hijos que no encontraban a sus padres. Los secretos, reflexionó, no sirven más que para enredar las novelas y la vida.

Agazapada en su escritorio, la señorita Requena lo observaba leer y darse tiempo para reflexionar. Su intuición le dijo que había ganado un nuevo lector. Eso la hizo muy feliz.

Cuando Prudencia López se separó del ventanal, Emilia pudo volver a leer lo que decían:

—Si de veras tu maestro favorito era don Germán, piensa qué tipo de sanción le habría puesto a Andrea en estas circunstancias —sugirió Rebe.

—Buscaría una de la que ella pudiera aprender algo.

—¿Y qué puede aprender si la expulsas?

Su compañera se quedó muda, inmóvil, una imagen congelada. Emilia veía la tensión en sus hombros, en sus puños cerrados, en las piernas que la sostenían con una firmeza rígida. Se figuró que la maestra López estaba atrapada en un lugar distante, donde hacen esquina el tiempo y el espacio. Al volver, su rostro tenía un aire remoto:

—Sólo aprendería a sentir rencor.

Emilia se perdió lo que le dijo Rebe, pero poco a poco se le reveló el modo de hablar de sus cuerpos; la seño estaba cada vez más cerca, cálida, receptiva. La maestra de matemáticas se iba relajando en cámara lenta. Tuvo que sentarse. Decía que sí moviendo la cabeza con una sonrisa triste. Bajó la guardia y a gotitas le entraron serenidad y dulzura, por arte de unas palabras mágicas que la niña se moría de ganas de descifrar.

Una parvada de chiquitos revoloteaba en el patio de la escuela. Era el recreo para los de preescolar. José miró su reloj.

—Ya se te hizo tarde —afirmó Andrea—, si quieres vete, yo les explico.

—No. Estoy aquí para acompañarte. Lo demás puede esperar.

Al tomarla de la mano, Andrea sintió un calor que había extrañado mucho tiempo.

Vieron a Rebe haciéndoles señas desde el corredor y regresaron a la sala de juntas, dueños, los dos, de un aire sereno.

Emilia observó un gesto de familiaridad en la maestra de español al invitarlos a entrar. Ahora José sí se sentó en la silla azul y Andrea a su lado.

Era su amiga más cercana; tanto, que Emilia jamás la había observado de lejos. Le recordó a Samanta. La cautela se le notaba en la forma de mirar midiendo al otro. Aunque parecía tranquila, la inquietud de sus pies la delataba. Mientras escuchaba a la maestra López parecía preparar sus argumentos, dispuesta a dar el salto y, al mismo tiempo, tanteando el terreno. Emilia se preparó a leer su respuesta:

—Sí, maestra…

A Andrea los *no* le brotaban automáticos, así que Emilia pudo captar el *sí* hasta que lo repitió por tercera vez. Lo que verdaderamente terminó de confundir a la ávida lectora de secretos fueron los abrazos que las maestras le dieron al papá de su amiga y la manera cordial y desparpajada en que Andrea se despidió: de beso de una y de beso de otra.

Habría que esperar a la hora de la salida para conocer el castigo y para explicarse tanto apapacho. Entonces descubrió que aún le faltaba otra sorpresa.

Cuando cerraron la puerta, la seño Rebe preguntó:

—¿Qué has decidido respecto a Emilia?

—Le daré oportunidad de que complete su prueba —anunció Prudencia.

—Me refiero a la historia de que soñó que habría examen sorpresa —aclaró Rebe.

—Si vieras que ésa es la única parte de todo este enredo que creí desde el principio. Los sueños premonitorios existen. Yo he tenido miles.

Emilia no podía creer lo que sus ojos leían. Quedó atónita.

El sonido de la chicharra daba la hora de la salida. Diego se resistió a cerrar el libro; en la página ochenta y dos colocó el marcador dibujado por don Germán, ése en el que había escrito con su caligrafía antañona: "Lo que es, es". Acarició el lomo del libro. Vencidas por la curiosidad, sus manos lo llevaron a abrirlo para leer el último renglón de la página final: "la sabiduría humana está contenida en estas dos palabras: confiar y esperar".

Entonces, lo sorprendió la mirada de la señorita Requena. Ella sonrió con la boca y con los ojos y, desde ese instante y para siempre, dejó de ser esa señora adusta temida por todos.

Esa intensa mañana Emilia aprendería el significado de uno de los refranes con los que su abuelo salpicaba las conversaciones.

Andrea llegó eufórica al rincón del patio donde Diego y Emilia entretenían la ansiosa espera.

—No me lo van a creer —anunció para atrapar su atención—: la Aplanadora se llama Prudencia.

—¿Es un chiste o una adivinanza? —fue la interrogación de Diego.

—Es su nombre, de veras de veritas. Me lo dijo mi papá, que fue su compañero de primaria.

—¿Y estuvo prudente? —preguntó Emilia, ansiosa de que le contara lo que no sabía.

—No me lo van a creer. Cuando llegamos me exigió que contara los hechos y con los ojos me decía que me preparara a ser castigada y a pasar ante el pelotón de fusilamiento. Iba a expulsarme, estoy segura. Nos hicieron esperar afuera un ratote y cuando regresamos ya era otra. ¡Mi papá la impresionó! Hoy venía *taaan* guapo ¿Lo vieron?

Allí fue donde Emilia entendió lo que significa la frase "todo es del color del cristal con que se mira".

Diego, impaciente, la urgió a continuar.

—¿Cuál fue el castigo?

—No hubo castigo sino con-se-cuen-cia, así le dicen ahora. Estuvo leve y a lo mejor hasta divertido. Por haberme sorprendido con el acordeón, que reconoció era una síntesis muy completa de los apuntes, tengo que hacer una copia para cada uno de los veintiséis compañeros. No copia nada más, tengo que ponerme creativa porque todos deben ser diferentes. De esa forma piensa que me lo aprenderé de memoria y además así comparto mis apuntes con la clase entera.

—¿Y no te castigó por haberle gritado?

—Sobre eso dijo que como soy tan impulsiva, de ahora en adelante cuando quiera decir algo debo levantar la mano. Ella esperará por lo menos tres minutos antes de darme la palabra. Durante ese tiempo yo tengo que encontrar una manera respetuosa de decir las cosas.

—¿Eso fue todo? —Diego de verdad no lo podía creer—. ¿Va a anular el examen?

—No, dijo que el objetivo de la prueba era que estudiáramos y todos lo hicimos. Sólo a Emilia le pondrá otro problema para que suba su calificación.

—¿Qué mosca comprensiva y salvadora le picó?

"Mi papá", pensó Andrea.

"Una que se llama Rebe", fue la certeza de Emilia.

Un viaje a quién sabe dónde

Don Germán aguardaba ese momento desde las ocho y cinco de la mañana. Para las dos de la tarde, se lo comía la impaciencia.

Había un orden en la desorganizada salida de la escuela: a la derecha de la puerta se aglutinaban las mamás, en una cháchara en renuevo continuo; a la izquierda, en una fila bastante simétrica, los seis o siete papás que iban a recoger a sus hijos. Ellos sólo rompían el silencio para preguntarse la hora unos a otros, mientras hundían la nariz en el periódico de la tarde que le compraron a don Germán.

Los primeros en salir eran los más chiquitos. Sus mamás los recibían revisándolos por todas partes para comprobar que se los habían regresado completitos y cargaban sus mochilas mientras ellos seguían correteándose unos a otros igual que en el ancho patio del recreo. Las mamás emprendían el camino arriando a sus chivitos y se ayudaban unas a otras a mantenerlos dentro de la banqueta.

Diez minutos después, salía por oleadas la primaria: los de primero y segundo jugaban; los de tercero y cuarto empujándose hasta que prendía alguna chispa y se armaba un pleito; y los de quinto y algunos de sexto se sonreían con timidez, dando sus primeros pasos en el arte del coqueteo. Los de secundaria eran otro rollo, allí los coqueteos eran mucho más discretos porque ya iban en serio.

Don Germán vislumbró a sus tres amigos al fondo del corredor. Parecían concentrados en una plática importantísima. Quería ver la cara de Andrea para salir de dudas, pero su mayor urgencia era el encuentro con Diego, porque le tenía reservada una sorpresa.

Pasó un buen rato. Las mamás de los pequeños ya habrían llegado a sus casas; sólo quedaban en la calle algunas mamás que aprovechaban para comprar cilantro para la sopa y otras que hacían cola para el pan calentito. Hacía tiempo que había desaparecido la fila de los papás.

Inés y Mara se desesperaron de tanta espera y prácticamente arrancaron a su hermana del trío. Andrea escuchó la bocina del coche de su mamá y salió corriendo. Se despidieron de prisa y sonrientes.

Diego se quedó solo. Calmado, retomó el camino. Don Germán le vio el libro en una mano y la mochila en la otra. El niño parecía distraído. No descubrió la sorpresa hasta que estaba a tres pasos y sus ojos se reflejaron en esos otros, idénticos. Ni él mismo se esperaba la reacción de sus piernas: salió corriendo, a una velocidad imparable, con destino a quién sabe dónde.

Después de los "¿cómo te fue?" y "¿te dejaron tarea?" de sus hermanas, Emilia aflojó el paso y se fue quedando atrás. Primero, sólo unos metros; después, media cuadra la separaba del chismorreo intenso de Mara e Inés.

Emilia tenía mucho qué ordenar. Su interior era como la recámara de su mamá cuando le entraba furor de limpieza. Todo estaba expuesto y revuelto y ella no hallaba cómo clasificar y dónde colocar tantos sentimientos e ideas viejas y nuevas, sin etiquetar.

Iba formulándose preguntas en el afán de apaciguar su mente: ¿Quién era en realidad Prudencia López? ¿La aplanadora que le había dado clase desde el principio de año o esta especie de hada madrina recién aparecida? ¿De dónde le salió a Andrea ese orgullo insospechado por su papá? ¿Qué traía Diego que sonreía con la boca mientras sus ojos negros eran como un pozo de tristeza? ¿Qué iba a hacer ella con las palabras que tanto había buscado para decir la verdad y que ahora nadie parecía interesado en escuchar?

No llegó a la quinta pregunta; a la vuelta de la esquina, sus hermanas la echaron de menos y volvieron atrás. Al verla pensativa la bombardearon con interrogantes, como de examen sorpresa:

—¿Qué te pasa?

—¿Estás triste?

—¿Qué te hicieron?

—¿Quién fue?

No esperaban su respuesta. Sus conjeturas caminaban solas. Emilia estalló:

—¿Por qué tienen que hacer de cualquier cosa un drama? ¿No pueden entender que no me pasa nada, que sólo necesito tiempo para pensar?

Los grandes cambios se inician con gestos apenas perceptibles. Esa tarde, Andrea cerró la portezuela del automóvil y dijo:

—Hola —mientras se abrochaba el cinturón de seguridad.

Su mamá se quedó quieta, igual que los animales cuando perciben en el movimiento de las hojas la cercanía irremediable de un terremoto.

Cada día, desde hacía más de seis meses, antes de subirse al coche, la niña lanzaba su mochila como un fardo sobre el asiento de atrás y la madre al volante respondía con un grito:

—Te he dicho mil veces…

—Mil una con ésta —era la respuesta retadora con la que se iniciaba el pleito que duraría hasta llegar a la casa.

Ese viernes algo importante se quebró en la rutina. Al analizarlo, mucho más tarde, Andrea no sabría si todo fue porque venía muy contenta o porque olvidó la mochila en la sala de juntas.

Cuando detuvo el coche ante el semáforo, la mamá de Andrea extrañó la tensión que la acompañaba cada día al llegar a ese punto. Lo usual era que para ese momento sus manos apretaran el volante mientras contaba del uno al diez para no estallar a la primera provocación.

Cruzó tres avenidas sin que su hija iniciara las hostilidades. Ni siquiera intentó sintonizar otra estación. Al llegar al entronque con la carretera, desde donde faltaban seis kilómetros para llegar a su casa, le pareció que Andrea llevaba el ritmo con el pie.

Manejó en silencio, cautelosa como siempre. Fue sintiéndose relajada. Empezó a tararear suavemente la canción que sonaba en el radio y que era una que habían cantado juntas mil veces en los viajes de vacaciones.

Más adelante Andrea pensaría que la canción fue la razón de todo lo que siguió.

Al llegar a la curva, sin ningún preámbulo, la niña se soltó hablando del miedo que había sentido la última vez que cruzó por allí a pie. Estuvieron a punto de atropellarla. Además vio una cruz que conmemoraba un accidente fatal en la carretera. La inscripción anunciaba que esa persona había muerto exactamente a la edad que ahora tenía su papá.

—La coincidencia me hizo sentir desolada —confesó reiniciando una conversación cancelada mucho tiempo atrás.

Su mamá no dijo nada pero le acarició la pierna en un gesto tranquilizador. Todo lo que Andrea necesitaba era esa palmadita.

Una cuadra antes de llegar, Emilia y sus hermanas divisaron la puerta del edificio bloqueada por un enorme camión de mudanzas y a tres hombres con espaldas de ropero yendo y viniendo con las mil cajas, empacadas con primor de regalo de cumpleaños, en las que la señora del departamento siete había guardado toda su historia.

En el rellano de la escalera vieron a Cristina con la cara sucia y los ojos tristes. En su regazo Samanta ronroneaba ajena a su incierto destino. Mara entró en la casa de prisa. Fueron Inés y Emilia las que se detuvieron a platicar con la niña.

—¿Se mudan? —fue el dardo directo de Inés.

Dio en el blanco y Cristi respondió llorosa:

—Vamos a vivir en los edificios nuevos, aquí a dos cuadras, pero no aceptan gatos ni perros, sólo tortugas o peces.

—¿Y por qué la discriminación?

—Allí viven puros viejitos que no quieren ruido. A mí me aceptaron porque mi mamá les explicó que los hijos únicos no tenemos con quién pelear.

—¿Y qué vamos a hacer contigo, Samanta? —Emilia acarició con ternura a la gata.

—Sólo te quiere a ti. Si te la quedas yo puedo venir a visitarla cuando la extrañe mucho. Mi mamá me lo prometió.

Emilia ya tenía en los brazos a la minina cuando su entusiasmo se vio frenado por el gesto y la mirada de Inés.

—No te comprometas hasta hablar con mi mamá —le avisó.

La advertencia llegó tarde, porque la adopción había sido instantánea.

Alma las llamó a comer. Emilia entregó a Samanta, haciéndole un gesto de complicidad a Cristi.

Ya en la mesa afinó su estrategia. Iba a esperar al postre para plantearle a su mamá el problema del pobre animalito que se quedaba sin hogar. Sin hambre, su mamá era mucho más tolerante; además, había capirotada, el dulce preferido de Alfredo, y lo necesitaba de su lado.

Calculó con cuidado el momento, pero no contó con la alergia de Mara.

—No hay nada más qué hablar —sentenció Alma a la primera insinuación—, tu hermana no puede convivir con un gato. Va a estar enferma todo el tiempo.

Emilia había pensado en mil argumentos, pero esto los derrumbaba todos. Para darle la puntilla, su papá dijo:

—Ni modo, hija, en esto nos toca a todos apoyar a Mara.

Emilia, que durante un buen rato había dejado atrás todos sus problemas, sintió de golpe que todos estaban en su contra, la vida era injusta y no podía compartir lo que le pasaba con ninguno de los que estaban a la mesa.

Para algunos, buscar es revolver: voltean el mundo de cabeza y no dejan piedra sobre piedra. Otros hacen un rastreo ordenado: recuperan sus propios pasos, imaginan trayectos lógicos, amarrando certezas para no sumirse en lo incierto. Don Germán y José Ramón Landa tenían estrategias de indagación diferentes. Lo que ninguno de los dos sabía era cómo alcanzar a un niño que huye de su propio miedo.

Después de andar y desandar el barrio, cansado de pedir ayuda a amigos y extraños, don Germán se desplomó. Una y otra vez se le hacía presente el momento en que Diego los miró y echó a correr. En el desconcierto, se fueron veinte segundos que le dieron al muchacho una ventaja que ahora parecía irrecuperable. José Ramón se lanzó tras él a largas trancadas de deportista. El maestro no podía seguirlo. Pensó que a la vuelta de la esquina iba a sorprender el gran encuentro. Al llegar, sólo descubrió las largas calles del crucero desiertas y silenciosas, como si no fueran las dos treinta y cinco sino las cuatro de la mañana.

Cada esquina exigía una decisión, a la derecha o a la izquierda, hacia atrás o adelante. Perdió a Diego y ya no hallaba tampoco al papá, así que regresó al puesto de periódicos. Husmeó en sus cajones tras la fotografía que el niño le regaló el año anterior.

La tomó Saúl, el novio de Elisa, el día que el equipo de Diego, los Topos, ganó la copa interescolar de futbol. Arracimados para caber en la foto, los once campeones posaban para la fama; el trofeo, en manos del capitán. En cuclillas, con sus guantes de portero, estaba Diego, al resguardo del balón, con el pelo revuelto y la cara sucia. Don Germán distinguía cada uno de sus rasgos: los ojos negros, profundos, con la lucecita del triunfo recién obtenido, el raspón en la nariz pecosa, las orejas pequeñitas y la sonrisa franca a punto de convertirse en carcajada.

No sabía si alguien que no lo conociera podría distinguir a detalle el lunar estrellado en la frente y los incisivos ligeramente separados. Cuando le mostró la foto, el policía del barrio comentó con descuidada frialdad: es un niño igual a cualquier otro ¿No tiene alguna seña particular?

Don Germán le dio vueltas a la frase. Diego era un muchacho lleno de señas particulares, evidentes, inconfundibles, tan distintivas, que se sentía incapaz de describirlas.

José Ramón Landa, famoso por descubrir indicios entre un montón de datos contradictorios, se sentía huérfano de pistas claras. Sabía que el niño se llamaba Diego y que era idéntico a él. Sin embargo, cuando el dueño de la farmacia le preguntó si le gustaba jugar en las maquinitas, se quedó sin respuesta. Antes de cada entrevista para el diario, se preparaba indagando hasta el último detalle sobre las opiniones, intereses, gustos y peculiaridades del interlocutor. De este jovencito, su hijo, no sabía absolutamente nada.

Respiró hondo recuperando el resuello y regresó al punto de partida. Ya en el kiosco, sugirió al viejo maestro:

—Quizá deberíamos ir a su casa. A la mejor allá se fue a refugiar.

—Es en el sentido opuesto al que tomó, aunque podría haber rodeado la zona de edificios —concedió don Germán.

—Además, creo que debemos explicarle a Elisa…

Eso era algo que ninguno de los dos quería. Y no sólo por no preocuparla. Decírselo era reconocer que no lo habían localizado, abrir la puerta a miedos innombrables. Caminaron taciturnos, escudriñando la calle, con la esperanza de toparse con Diego en el trayecto. Antes de lo supuesto, se hallaron frente al portón del edificio.

—Es el número siete —señaló el maestro.

José Ramón reconoció la letra pulcra de Elisa en la tarjetita naranja resaltada entre los números colocados de cualquier manera y que anunciaba que ése era el departamento de Elisa y Diego Castillo. Podría estar escrito "Familia Landa", pensó, y le dolió el *hubiera*.

Tocó primero comedido y después impaciente. Al décimo timbrazo largo, abrió el portero que enseguida reconoció a don Germán.

—Buenas, Demetrio —saludó de prisa—, ¿no has visto llegar a Diego?

—Tenemos un problema con la bomba de agua y andaba en el sótano —se disculpó al franquearles el paso.

—No contesta. Vamos a subir —anunció José Ramón y trepó saltando de tres en tres los escalones hasta el cuarto piso.

Cuando lo alcanzó el maestro, ya se asomaban los del departamento ocho en respuesta a sus toquidos.

—Parece que no está. ¿Qué hacemos?

—Hablarle a Elisa —don Germán reconoció su derrota, al tiempo que buscó una tarjeta en el bolsillo de su chaleco.

José Ramón marcó en el celular el teléfono que le dictaba don Germán. Sin palabras le tendió el aparato.

Elisa no estaba en su oficina, había ido a la universidad.

Bajaron un piso a paso lento. Don Germán, apesadumbrado y José Ramón un poco inquieto, porque el reloj corría con prisa. La esposa del portero, a la que todos llamaban Abelardita, preguntó más curiosa que preocupada.

—¿Adónde se habrá metido el Diego? Hace dos semanas hizo igual y me tuvo con el Jesús en la boca acompañando a Elisita que estaba bien apurada.

José Ramón observó que hablaba de ellos con confianza, así que se le ocurrió que quizá ella tendría un número dónde localizarla en la universidad.

—No la he llamado porque no se me ha ofrecido, pero allí está puesto en el refrigerador.

Sin explicaciones, subió las escaleras y sacando un llavero pesado buscó con paciencia la llave que abría el departamento de los Castillo.

—Yo hago la limpieza los miércoles, acabo rápido porque nunca me dejan el tiradero como la señora del ocho…

Entró muy resuelta. Al ver que se quedaban en la puerta, los animó.

—Pásenle, pásenle, están en su casa.

Don Germán, que ya había estado antes allí, la siguió a la cocina. José Ramón, con una timidez inusual en él, se quedó en la sala. Se sentía un intruso en la intimidad de Elisa. Observó el departamento, tras las claves que le permitieran conocer a su hijo. En la armonía de la casa entrevió a la novia olvidada. Encima de un mueble, alineada entre una extensa colección de cajitas, descubrió una azul de Olinalá. Esa caja y un anillo de mala calidad, comprado en el mercado, fueron los únicos regalos que él le dio.

La estancia era el centro del pequeño departamento; la flanqueaban cuatro puertas. Intuyó el orden: la cocina, el baño, la recámara de Elisa y una sola abierta, que podía ser la recámara de Diego.

Se acercó y vio todas las huellas que andaba buscando alineadas en el estante. Era claro que le gustaba el futbol y los libros, que sentía pasión por los animales y las historias de aventuras. Su lectura fue la que el mismo Diego previó al ordenar su cuarto. Observó la cama mal tendida; la ropa sucia en el bote, aunque la manga de la camisa asomaba denunciando que había sido lanzada desde el baño. Eran signos evidentes de que Diego recogía su cuarto de prisa antes de ir a la escuela. Ya iba de salida, cuando descubrió el recorte de periódico que el niño había pegado en la pared.

La conmoción lo obligó a sentarse, aunque sólo por unos segundos. La conciencia de que Diego lo esperaba y él tenía que

encontrarlo, aunque tuviera que volver de cabeza el mundo, lo puso en acción inmediata.

Mientras Andrea ponía la mesa para la comida, trataba de elegir un tópico de conversación limadito, sin ninguna arista que pudiera romper el encanto del inusitado viaje de regreso de la escuela. Se le ocurrió hablar del tiempo soleado y de la brisa que traía un aire de vacaciones en la playa; lo descartó, porque todo el mundo sabe que cuando alguien habla del tiempo está evitando algún tema espinoso. Podría preguntarle a su mamá cómo había hecho la crema de berenjenas, ése era un resorte para hacerla hablar durante veinte minutos, aunque sería demasiado obvio que trataba de quedar bien con ella.

No había terminado aún de colocar las servilletas cuando José soltó toda la sopa. Lo hizo con la naturalidad de quien cuenta un incidente de tránsito que vio por el camino. Hizo un recuento pormenorizado de su visita a la escuela, su encuentro con las excompañeras y las complicadas consecuencias de la extravagante costumbre de Andrea de estudiar decorando sus piernas.

—¿Cómo se te ocurre, Andrea? —dijo su mamá en automático.

Andrea dudó un segundo; ya iba a recurrir a la ironía cuando recordó que debía darle treinta segundos de pausa a sus impulsos. Terminó de colocar los cubiertos y después dijo:

—En realidad, creo que es una idea que te copié a ti.

—Yo jamás hice acordeones y menos sobre mi cuerpo.

El "jamás" anunciaba que su mamá iba recuperando el tono beligerante. Andrea no acusó el golpe.

—¿Te acuerdas de cuando era chica y no podía distinguir la derecha de la izquierda? —la niña evocó esa tarde con un dejo de nostalgia, sonriendo divertida al recuperar los detalles—. Para que no me equivocara en la tabla de gimnasia del día de la primavera me pintaste una especie de tatuaje. ¿Te acuerdas?

Su mamá hizo que sí con la cabeza.

—Eran unas guías llenas de verdes, rosas y azules, que trepaban por mis brazos hasta cubrirlos. Te tardaste más de dos horas, mientras me contabas la historia de Rapunzel, ¿te acuerdas?

Otra vez los ojos de su mamá dijeron sí.

—En el tallo de un iris, escribiste "izquierda", en la corola de una dalia escondiste "derecha". Yo me sentía soñada. Lo mejor fue descubrir que lo que anotaste en mi piel se me grabó en la mente. Nunca más tuve dificultades para saber qué lado era cuál. ¿Tú te acuerdas?

La mamá de Andrea sintió cómo se iba desbordando, así que adoptó la sugerencia de la maestra López, hizo una pausa y fue a recoger el postre. En la cocina se dio el lujo de sentir el enorme abrazo que su hija le había dado con sus memorias, evocó la tarde de los tatuajes y regresó a la mesa con los ojos húmedos. Antes de servir la natilla, acarició el brazo de Andrea, suavemente, como siguiendo la guía de flores, trazada tanto tiempo atrás, que iba directo a las entretelas de su muchachita.

Para doña Luisa no era cualquier cosa que un inquilino se marchara. Habían convivido doce años. Vio llegar a la pareja de recién casados con sus muebles relucientes, aunque sin escoba ni recogedor. Durante un lustro completo, día a día, ayudando en la limpieza del departamento, acompañó a la señora en su llanto porque no podía tener hijos. Sin embargo, la vio, de pronto, ilusionarse con la idea de adoptar. Cuando supo que le darían una niñita, doña Luisa se enteró aun antes que el papá. Aunque la panza de la inquilina no ganaba volumen, fue viendo cómo la bebé iba echando raíces y crecía en su corazón.

Allí estaba doña Luisa para ayudarla a lavar la ropita recién comprada y enseñarle a tejer su primer suéter. Allí en el zaguán esperó impaciente para darle la bienvenida a Cristi cuando llegó a sus vidas. Ahora les tenía que decir adiós y no encontraba acomodo para sus emociones. Así que se concentró en la limpieza de la vivienda para borrar las huellas que las manitas de Cristi habían dejado en puertas y paredes.

Sin conocer esta historia, Larismar entendía muy bien a doña Luisa y leyó en su cara el dolor que sentía en el pecho, el punto exacto donde se anudan los apegos. Se adecuó a su ritmo, trabajó al parejo y se propuso compartir, en silencio, su duelo.

Doña Luisa sintió su presencia, anticipando el hueco que dejaría Larismar cuando regresara a su casa en el puerto. Las habitaciones parecían relucientes y vacías, la muchacha fue a poner la basura en los tambos y se encontró con Emilia, que venía con cara de no tener a nadie en el mundo.

Se sentaron en la banca. Samanta merodeaba cerca y enseguida encontró espacio entre las dos. La gata y Larismar esperaron pacientes a que su amiga destilara el desbarajuste de sus inquietudes.

Enumeró, una a una, las preguntas que formuló en el camino a casa y una más.

—Son mis mejores amigos y no entiendo lo que les pasa. ¿Por qué está triste Diego y por qué tan contenta Andrea? Y luego, los adultos… la López exige que le diga la verdad y luego no quiere oírla… Mi mamá siempre pregunta qué quiero y cuando le digo que a Samanta, me sale con que no se puede…

—E-s-p-e-r-a, c-o-n-f-í-a —deletreó Larismar con las manos, como si ella también hubiera leído el final de *El conde de Montecristo.*

Samanta, con sus mimos, terminó de poner en paz a Emilia y le permitió distanciarse de sí misma y sus problemas para asomarse al mundo de Larismar.

La azoraba la manera en que elegía palabras breves y esenciales. Su saludo, por ejemplo, no fue el clásico *¡hola!* o el convencional *¿cómo estás?* Sus manos dijeron claramente:

—¿Dónde está tu sonrisa?

"Reconocer el término exacto, bello y justo para nombrar la verdad, es hacer poesía", recordó que dijo la seño Rebe. ¿Sabría Larismar que era poeta?

¿Qué más se ocultaba en el alma de su amiga? A Emilia no le bastaban cuatro signos y el alfabeto repetido con dedos torpes; necesitaba un lenguaje que le permitiera hacer nido en el centro mismo del silencio de Larismar.

Era una tarde calurosa, el aire pesado invitaba a una siesta. Mara e Inés dejaron a sus papás tomando café en la mesa del comedor y se fueron a saborear su helado a la terraza de atrás.

—¿Qué onda con Emilia?

Así aludía Inés al disgusto de su hermana menor.

—En realidad, hace mucho que no tengo alergia, quizá podríamos quedarnos un tiempo con Samanta, a ver qué pasa —sugirió, conciliadora, Mara.

—¿A ver qué pasa? ¡Mira tu brazo!

—¿Esto? —y Mara señaló la urticaria que empezaba a salirle—. No lo provocó la gata, sino el Premio.

—¿El Premio? ¿No que estabas enamoradísima?

—No sé, a veces pienso que no tanto. Me sentía mejor con él cuando nada más nos coqueteábamos.

—Síndrome de perro bicicletero —diagnosticó Inés.

—¿Qué es eso?

—Fíjate en el Yaco —le dijo señalando al perro que perseguía al cartero casi en la esquina de la calle—. En cuanto don Elpidio se pare, se va a ir.

Esperaron dos segundos y el pronóstico se hizo realidad.

—Al Yaco y a ti les gustan los inalcanzables.

—Últimamente me aburro cuando estoy con Alberto…

Inés tomó nota. Ésta era la primera ocasión en que lo llamaba por su nombre.

—No habla más que de coches —siguió Mara en plan de justificarse.

—Eso lo sabes desde que lo conociste y decías que te encantaban las carreras.

—Pues ya no, y además, siempre termino haciendo su tarea —la voz de Mara sonaba a fastidio.

—¿Y ya se lo dijiste?

—No hallo la forma.

—Pues así como me lo contaste a mí.

—No es tan fácil… —y se quedaron pensativas.

—Deberíamos ser iguales a Emilia. No tiene complicaciones —decidió Inés—. Fíjate, ya se le pasó la bronca.

Las dos hermanas, helado en mano, miraron en dirección a la banca del patio trasero. Larismar urdía una hermosa trenza de muchos gajos en el pelo de Emilia, que concentrada en sus pensamientos, acariciaba a Samanta.

Las manos de Larismar se habían detenido unos momentos

antes: levantó la vista y sorprendió a Mara e Inés, recargadas en la baranda del balcón, conversando.

Sus miradas se cruzaron y la sobrina de doña Luisa las saludó con la mano libre.

—Quisiera aprender a peinarme así —envidió Inés.

—Seguro que te enseña si se lo pides.

—No sé —dudó—, me siento torpe con ella, no encuentro la manera de hablarle.

Larismar, ajena a esa charla, bajó la vista y fijó en un rodete la trenza de Emilia.

—¿A qué hora empieza el programa? —preguntó Mara en la terraza.

Juan Escudero de Reina, compañero de escuela de Alfredo, estaba participando en un concurso de conocimientos en la tele. Tenía tres meses de responder las más insólitas cuestiones sobre vida y costumbres de los invertebrados. Acumuló una bolsa de dos millones de pesos y esos eran los quince minutos de su fama, en los que se jugaría el todo o nada.

Al principio, sólo Alfredo estaba pendiente, pero ahora la familia en pleno se sentaba a comer palomitas mientras lo observaban devorarse las uñas ante cada pregunta.

Le gritaron a Emilia que subiera porque el programa ya iba a comenzar. No respondió.

Para llamarle la atención, Inés les tiró una florecita, cortada de una maceta, que dio directamente en la cabeza de Samanta. La gata, enojada, fue a buscar un rincón menos peligroso. Al levantar la mirada, Emilia pudo ver a Inés, señalando el reloj, con cara de concursante angustiado.

—¿Ya ves que no es tan difícil hablar como Larismar? —dijo Mara.

Emilia encontró a toda la familia esperando la música de suspenso que anunciaría al primer concursante de la tarde. Su mamá y sus hermanas elogiaron su nuevo peinado e Inés lo examinó curiosa sin descifrar el secreto del complejo tejido.

En ese instante preciso, oyeron la noticia:

—Interrumpimos este programa para solicitar la ayuda del público en la localización de un jovencito de doce años —dijo una voz neutra y profesional—. Desapareció a las dos de la tarde en la zona cercana a la Gran Avenida. Viste pantalón azul y camisa de cuadros del mismo tono. Sus padres esperan noticias en el teléfono…

Emilia ya no escuchó el número de Elisa, estaba concentrada en la foto que aparecía en la pantalla. Era la del equipo de los Topos y un círculo rojo enmarcaba la cara sonriente de Diego.

La de Diego fue una carrera ciega, sin rumbo, a una velocidad desconocida, sin contar las cuadras, ni ver para atrás. Se detuvo cuando se le acabó el aliento, con el rostro sudado y las manos temblorosas. No sabría decir cuándo atravesó la Gran Avenida que marcaba la frontera del territorio conocido. Respiró profundo tratando de llenar con aire el hueco que se le había formado en el estómago, como siempre que traspasaba los límites.

Se encontró en una colonia arbolada de casas suntuosas al fondo de enormes prados, cercadas por rejas garigoleadas. Sólo se oía el trinar de los pájaros y los ladridos. Voces, ninguna. Parecía no haber ni un alma en esos confines. Le recordaban a la mansión del gigante egoísta, reproducida con pequeñas variantes. Los grandes perros sí eran diferentes: daneses, labradores, akitas, weimaranes, todos entrenados para ladrar en cuanto se acercaba un extraño.

Para no provocarlos, Diego caminó en la orilla de la acera. Hasta entonces, tuvo tiempo de pensar.

¿Por qué don Germán no le advirtió? ¿Qué habría dicho José Ramón Landa? ¿Por qué huir de un encuentro tan largamente deseado? No lo pudo precisar. En realidad, corrió porque no supo qué hacer. ¿Cómo saludas a un padre que no conoces?, se preguntó. ¿Te echas en sus brazos gritando "papá", como en las telenovelas? ¿Qué le dices? ¿Mucho gusto? Su intuición le dictaba que, de haber estado con Elisa, todo hubiera sido más fácil.

Al llegar a una esquina recordó la última vez que su mamá le dio la mano para cruzar la calle. Iban camino a la escuela el primer día de clases de segundo de primaria. Diego tenía siete años y medio. Cuando ya estaban muy cerca, el niño vio a sus compañeros. Varios de ellos iban solos. A los más pequeños, los de kinder, los llevaba su mamá. Así que se soltó. Ella intentó volverle a tomar la mano y él dijo:

—Ya no, ya soy grande.

Elisa le propuso un acuerdo. Si quería caminar independiente, ella debía asegurarse de que lo sabía hacer bien. Esa tarde emprendieron una larga caminata por todo el barrio repasando la lección: atravesar por las esquinas, no correr, asegurarse de que no vienen coches ni a derecha ni a izquierda…

¿Por qué ahora, casi por cumplir los doce, se le había ocurrido que se sentiría más seguro junto a ella?

Miró el reloj. Eran las tres de la tarde. Su mamá llegaría a las siete; le avisó que iría a la universidad. Contaba con toda la tarde para serenarse y volver a la casa antes de que ella se preocupara.

No halló a nadie a quién preguntarle dónde estaba, así que decidió seguir en dirección a una avenida cuyo rumor adivinaba hacia la izquierda. Se topó con un parque inmenso, "Las acacias", decía el letrero que adornaba la entrada. Caminó por la alameda. No vio niños, sino más perros. Cada uno era custodiado por una nana. Tras observarlas un rato, imaginó que les daban instrucciones de no regresar a casa hasta que sus mascotas hubieran ensuciado el jardín público. Inmediatamente después de que depositaban su óbolo, emprendían la retirada.

Al fondo, vio un kiosco de helados. Encontró en su bolsillo una moneda. Hurgó en su chamarra.

El heladero no había despachado nada en la mañana, así que lo urgió:

—¿Cuánto traes?

—Diez pesos.

—Cuestan doce, te daré una bola sin copete, ¿de qué la quieres?

—De vainilla con chispas de chocolate.

—Para las chispas no te alcanza —aclaró el vendedor, y le sirvió sin prisas ni entusiasmo.

Diego paladeó su nieve y preguntó:

—¿Sabe dónde queda el parque de la alameda?

—Estás lejísimos, puedes tomar un camión aquí a tres cuadras. Fíjate que sea el que dice "Jardines y anexas".

El niño lamentó haber comprado el helado.

—Voy a ir caminando —se resignó.

—No te conviene, son muchas cuadras, pero allá tú.

—¿Para dónde?

—Tres a la derecha, hasta el puente roto, luego cuatro o cinco a la izquierda, cuando llegues a la glorieta te vas por una diagonal larga, larga, hasta topar con pared. Te metes por el callejón donde está el reclusorio y sales a la Gran Avenida, luego...

—En la avenida ya sé qué hacer —aclaró Diego, y emprendió el regreso a sus rumbos.

Atravesó a buen paso las primeras tres calles, entretenido en adivinar la raza del próximo perro que hallaría. De pronto, se encontró frente al puente roto y pudo ver que no era un nombre gratuito. Hasta la mitad, la madera se veía pulida y barnizada, a partir de allí daba temor subir sobre los tramos podridos. Se quedó detenido hasta que una niña le gritó.

—Apóyate donde están los tubos, es más seguro.

Con las piernas bien abiertas para afianzarse en los resguardos de metal, terminó de cruzar.

—¿Cómo se llama aquí? —le preguntó a la chamaquita que le dio instrucciones. Era muy pequeña, no debía tener más de seis años, y cuidaba a su hermanito que se mecía sobre una llanta amarrada a un árbol.

—Aquí es el Queso; allá a la vuelta, la Ratonera.

Diego nunca antes estuvo en el temido barrio donde se refugiaban los ladrones, aunque conocía bien su fama.

Con un aire de naturalidad fingida, metió el libro en su chamarra, cerrándola hasta el cuello. Las mangas cubrían el reloj que le regaló Saúl en Navidad y así, con las manos en los bolsillos, avanzó a paso rápido, sin correr, mirando al suelo para no pisar los charcos de la calle mal empedrada. No obstante, lo que veía en el barrio no lo amedrentaba. Los perros, más acostumbrados a la gente, lo husmeaban un poco y se iban con su música a otra parte. Los vecinos se decían buenas tardes al pasar y nadie parecía mirarlo hasta que oyó:

—Qué bonita chamarra, ¿no tienes calor?

Sintió un tono irónico que lo puso en guardia.

Los pasos de Diego

En el departamento de los Castillo el aire era denso. Desde la sala, don Germán vio de reojo el reloj que caminaba implacable en la pared de la cocina. Era uno de esos artefactos digitales en el que cada minuto un número sucedía al siguiente, suplantándolo. Sacó de su bolsillo el reloj de maquinista, herencia de su padre. Allí el tiempo de veras transcurría, mientras el minutero se arrastraba lentamente y los segundos iban pasando de una manera que a él le parecía más humana.

Estaba cansado, le dolían los pies de tanto caminar. Se mantuvo en silencio porque veía que José Ramón y Elisa, que había llegado hacía apenas veinte minutos, tenían sus propias estrategias para soportar la ansiedad. Él, justo cuando llegó a los setenta y cinco años, se había dado cuenta de que esperar no le molestaba en lo más mínimo, siempre y cuando tuviera esperanzas fundadas, y en este caso las tenía. Diego era un niño responsable, cuidadoso y sabía que aguardaban por él.

La agenda electrónica de José Ramón Landa estaba saturada de nombres importantes. Amigos y no tan amigos se convirtieron en contactos de la extensa red virtual que se puso en movimiento para localizar al niño perdido, a su hijo. La foto del triunfo de los Topos apareció en noticiarios y en avances informativos de los canales de televisión y permanecía sobre las mesas de redacción de los principales diarios para ser insertada en las primeras planas, si a las siete de la noche aún no había noticias de Diego.

La actividad del periodista se concentraba en su mano derecha, que pulsaba, una y otra vez las teclas de su *Blueberry*. Junto a él, aparentemente impasible, Elisa había decidido no preocuparse hasta que sonaran las cinco de la tarde. Con una confianza terca decretó que su hijo no dejaría pasar un minuto después de esa hora para llegar o comunicarse con ella.

Sin embargo, en su interior libraba una batalla. Sus sentimientos eran tan contradictorios que no se atrevía a expresarlos.

Por un lado le daba gusto que José Ramón hubiera decidido conocer a su hijo; por otro, la enojaba que no la hubiera advertido a tiempo para preparar y acompañar a Diego en ese encuentro.

A ratos le agradecía su preocupación y su diligencia; en otros momentos la irritaba verlo asumir un papel protagónico en su vida y en la del niño que apenas el día anterior dudaba en conocer.

Una parte de ella sentía el apoyo, otra, el avasallamiento.

En cierto sentido, admiraba su eficiencia, sus mil conexiones. Sin embargo, de pronto sentía que José Ramón estaba sacando las cosas de proporción, convirtiendo una breve escapada en un caso de nota roja.

En un momento se aferraba a la imagen de Diego entrando a la casa sorprendido por tal alboroto y al siguiente pensaba que no podía seguir perdiendo tiempo, pues, como decían en los programas de detectives de la tele, las primeras horas eran cruciales en la desaparición de un niño.

Como no sabía qué hacer, se ofreció a poner café para todos. En ese instante, sonó el timbre del departamento.

—Está bonita la chamarra… y tus tenis casi nuevos, aunque un poco sucios…

La fingida cortesía se convirtió en una amenaza franca. Diego lo enfrentó. Era un chavo alto, como de catorce años, fornido, con los brazos musculosos llenos de tatuajes. Al primer vistazo supo que tenía que bajar la guardia e intentó ganar tiempo hablando.

—En realidad son bastante viejos, digo, los tenis, y el forro de la chamarra está descosido.

El muchacho sacó una navaja. El clic paralizó a Diego. La mente y las piernas no le respondían. Entonces oyó las instrucciones:

—Despacito y sin chistar vas a quitarte los zapatos y la chamarra. Los pones en el piso y sigues tu camino, si es que de veras quieres llegar adonde vas. ¿Entendiste?

Diego se sentía torpe tratando de deshacer el nudo de las agujetas; el cierre de la chamarra se trabó y terminó sacándosela por la cabeza. Ya sin ella quedó al descubierto el regalo de Saúl y al caer al piso, *El conde...* se enlodó.

—También el reloj y el libro.

Entregó el reloj y tendió el segundo tomo. En el momento en que se los iba a arrebatar se aferró al libro.

—Esto no —dijo con firmeza.

—Esto sí. No creas que lo voy a leer, ésos tomos de piel se venden bien.

—No —repitió al echar a correr metiendo en el lodo sus calcetines blancos.

La mano era más rápida que él. Sintió como lo pescaba de la camiseta y lo detenía.

Se revolvió con todas sus fuerzas intentando zafarse y sin medir las consecuencias le dio un golpe en la cara. El otro contestó apretándolo contra la pared para inmovilizarlo.

—No seas gandaya, Rafael. Ese cuate está en mi escuela. Me trajo la tarea.

El hermano del mentado Rafael era un muchachito de la edad de Diego que se apareció, salido de quién sabe dónde.

—Déjalo en paz o le digo a mi mamá.

—No parece de tu escuela, se ve muy fresa.

—Déjalo en paz —repitió el niño—. Mi mamá está aquí a la vuelta.

Sus palabras surtieron el efecto de un conjuro mágico. El muchacho le aventó la chamarra y lo zapatos y se fue diciendo:

—Si nomás estábamos jugando, ¿verdad tú?

Diego lo observó alejarse. Cuando estaba a media cuadra lo vio ponerse su reloj, muy campante.

—Gracias, muchas gracias —le dijo a su protector.

—Lo estaba viendo desde la ventana y ni pensaba meterme, pero me ganó la curiosidad. ¿Por qué defendiste tanto el libro? Ahí sí te vi engallarte. Ya le andaba sacando el Rafael.

—No sé, me dio coraje que me lo ensuciara y luego más que se lo quisiera llevar para venderlo.

—¿Tú ya lo leíste?

—Me falta el final.

—Te voy a acompañar hasta que salgas de la Ratonera. No vaya a ser que te encuentres a otro y ahora sí te lo baje. Mientras te encamino, cuéntame.

—¿Que te cuente qué?

—Pues qué va a ser, la historia ésa.

—¿Cómo te llamas?

—Mundo, Edmundo

—Pues así se llama también el héroe de esta aventura —y así empezó a contarle desde el comienzo, cuando Dantés llega a

puerto deseoso de casarse con Mercedes, sus planes y las patrañas urdidas por sus enemigos para llevarlo al calabozo, todos los años que pasó rumiando su rencor en la más absoluta soledad, el encuentro con el abate, su periodo de aprendizaje y amistad, la muerte de su amigo y el ingenioso escape, el tesoro de Montecristo y el poder de vengarse al alcance de su mano.

A medida que se adentraban en el laberinto de calles, Mundo fue entrando en la historia, seis cuadras después ninguno de los dos veía las tiendas y el movimiento de la calle. Se habían trasladado a Marsella, al Castillo de If, a la isla de Montecristo.

Pasaron la Gran Avenida, cruzando por la esquina, esperando la luz del semáforo y los nuevos amigos siguieron andando hasta llegar a la banca predilecta de Diego en el jardín de la arboleda.

—Hasta aquí llegué —anunció el narrador.

—No, síguele, termina de contarme.

—Es que no sé qué va a pasar. No he leído el final.

—¿Cuánto te falta?

—Como cincuenta páginas.

—¡Pues léemelas!

Los calcetines, las camisas y las piyamas de toda la familia esperaban, alineadas en el cuarto de lavar, a que las doblaran y las guardaran en los cajones de cada quien.

Andrea y su mamá compartían la labor. Esto no sucedía

desde hacía largos meses, y Andrea quería disfrutarlo sin interrupciones, por eso no contestó el teléfono y lo dejó timbrar eternidades mientras enumeraba sus ocurrencias sobre los acordeones impuestos por la maestra López.

—A Emilia le haré un tira larga, larga con la que pueda sujetar sus lentes nuevos. Allí, con letra diminuta, irán todas las fórmulas de matemáticas. A Jazmín le voy a preparar uno redondo, para la luna del espejo que saca cada clase.

—¿Se mira al espejo a media clase? —se sorprendió la mamá de Andrea.

—Quesque para ver si está bien peinada. La verdad, le gusta contemplarse. El de Diego, podría escribirlo en el balón de futbol que es la extensión de su pie izquierdo, el de Armando deberá de ir prendido en las tiras de la chamarra de vaquero, su uniforme desde segundo de primaria. El de Marcela lo puedo fijar en la tapa del diccionario que siempre tiene sobre el escritorio.

El aparato seguía llamando. Oyó la voz de su papá:

—Andrea, es Emilia.

—Ella no habla por teléfono —descartó; sin embargo corrió a contestarle.

Oyó la voz de Inés:

—Dice Emilia que dicen en la tele que Diego se perdió.

—¿Otra vez? —se asombró Andrea

—Ahora parece que es en serio. Salió en el noticiario. Emilia quiere que vayan a su casa, para ayudar a encontrarlo y decirle a Elisa que Diego anda buscando a su papá. Que está muy triste.

—No lo vi triste.

—Según Emilia, tú estabas demasiado contenta para darte cuenta. Insiste en que tienen que ir.

—Voy a ver si me pueden llevar —dudó Andrea.

—¡Diles que es una emergencia!

Puso la bocina sobre la mesita y la dejó esperando. Temió que su mamá se negaría a ir hasta terminar de guardar la ropa. No le gustaba dejar las cosas a medias. Esta vez, sin decir palabra, se puso un suéter y tomó las llaves del coche.

—Vamos para allá —anunció Andrea por el teléfono.

La que se tardó una exageración fue Alma. Había quedado para tomar café con una amiga y no la encontraba para cancelarle.

Emilia, impaciente, fue a esperarla en la puerta del edificio, con Larismar. Desde que supo que iba a regresar a su casa, no quería desaprovechar ninguna ocasión para platicar con ella. Se sentaron en la banca y la enteró, como pudo, de lo que sucedía con Diego; hasta lo dibujó y le puso un letrero que decía "perdido".

Las interrumpió Alma, que por fin bajó, apurando a Emilia como si fuera ella la que se hubiera tardado. Larismar se despidió con un gesto que decía: "¡todo va a salir bien!", y una enorme sonrisa.

Mientras le decía adiós con un ademán, Emilia observó a la gata que daba vueltas a los pies de Larismar, tallándose contra las piernas de su amiga, igual que hacía con Cristi. Esa imagen en la mente, dos cuadras después, la hizo descubrir lo obvio: "Samanta ya eligió a su nueva dueña".

Emilia se guardó en el silencio, con Larismar y Diego pesándole en el corazón.

Al acercarse a la avenida que llevaba a la casa de Elisa, la mamá de Emilia preguntó:

—¿Dónde se habrá metido ese muchachito? ¿Qué no sabe que su mamá debe estar angustiadísima?

—¡Ay, ma!, hablas como si se hubiera perdido para molestar. ¿Y si le pasó algo?

—Es que eso no quiero ni pensarlo…

—Yo tampoco, afirmó Emilia…

Para ahuyentar los temores, Alma cambió bruscamente de tema.

—¿Por qué les dijiste a Mara e Inés que quieres que Rosi te enseñe a hablar con las manos?

—Porque Larismar es la única amiga que he tenido que de veras, de veras, sabe lo que es ser sorda.

Alma la miró con detenimiento y asombro, como cada vez que las respuestas de su hija le abrían los ojos.

Larga espera

Al primer timbrazo, Elisa corrió a la puerta con las piernas temblorosas y el ánimo anhelante. José Ramón, que hablaba por teléfono y no quería interrupciones, fue a encerrarse en el cuarto de Diego, con el celular en la mano.

Ella no pudo evitar la expresión de desilusión.

Eran los diez jugadores de los Topos. Allí estaban, casi en el orden de la foto. "Sólo falta Diego", fue el pensamiento de Elisa.

Los niños se hicieron bolas para expresarse. Su timidez se atropelló, hasta que el silencio se hizo en el pasillo.

—Vienen a ver si ya apareció su compañero, ¿verdad? —los ayudó la señora de la casa.

—¿Eres su hermana? —aventuró el que debía ser capitán del grupo.

Siempre se sentía halagada cuando alguien comentaba su aspecto juvenil. Esta vez no. Sólo dijo en una voz neutra:

—No, soy su mamá.

—Ah, ¿podemos esperarlo hasta que llegue? —tanteó otra vez el líder apocado.

—Será mejor que él les hable en cuanto esté aquí. Muchas gracias por venir. Yo le diré que vinieron.

Aún no llegaba de regreso a la cocina cuando sonó la puerta por segunda vez. Eran la maestra Rebe y su amiga Prudencia; después llegó la bibliotecaria, la directora, el entrenador del equipo y se juntaron todos en la puerta.

Todos hacían preguntas corteses, que Elisa respondía con idénticas palabras:

—No se preocupen, por favor… les agradezco mucho que hayan venido a preguntar… estoy segura de que regresará aquí a las siete, porque es la hora a la que yo quedé de volver de la universidad. Por favor, no se preocupen.

Don Germán, consciente del agobio de la mamá de Diego, se hizo cargo de la situación, les pidió a todos nombre y teléfono y quedó en llamarlos en cuanto apareciera el perdido.

Cuando entró Saúl, el viejo maestro lo guio directamente a la cocina. Al verlo, Elisa sintió que, por fin, podía deshacerse de esa coraza rígida que el miedo le había impuesto a su cuerpo.

Cerraron la puerta y se abrazaron con fuerza. El consuelo le llegó a Elisa suavemente, sin palabras. Saúl se calló los no llores y le contó su búsqueda.

—Fui a la cancha de futbol. No lo hallé, me di una vuelta por el zoológico, por la pista de patinaje, entré a los cines cercanos, donde exhibieran algo que pudiera interesarle… pregunté de nuevo en la escuela y peiné la zona.

—Y nada, ¿verdad?

—Llegué hasta la Ratonera y el Queso. Me daba miedo que se hubiera ido hacia esa zona.

—Yo ya no sé ni a quién llamar. No está con ninguno de sus amigos.

—No te preocupes más, afortunadamente no tienen noticias de un niño de su edad en ningún hospital, ni han registrado atropellamientos ni accidentes. Ésa es buena noticia. Necesitamos pensar con serenidad y ser pacientes.

El plural hizo fuerte a Elisa; se supo segura, acompasada con Saúl, su compañero, libre para expresar sus pensamientos:

—No lo entiendo. ¿Por qué salió corriendo si esperaba con ansias conocer a su padre…?

—Me imagino que precisamente por eso…

—¿Tú crees?

—Regresará a la hora en que tenía previsto hallarte, estoy seguro. Diego es cabal y cumplido, así lo has hecho.

Las palabras de Saúl tuvieron el efecto transitorio de la magia. Serena, Elisa reencontró la esperanza por un rato.

—Lo voy a poner pinto —amenazó—, y luego… luego lo voy a abrazar y mañana le voy a comprar un celular, a lo mejor no ha encontrado un teléfono para hablar…

—A lo mejor ni se imagina que ya estás aquí nerviosa esperándolo.

—A lo mejor…

Una de las pocas alumnas de la escuela que no vivía en el barrio era Andrea, por eso la llevaban en coche.

El itinerario era siempre igual: seis minutos de carretera hasta entroncar con la Gran Avenida, ahí donde iniciaba y donde su nombre le quedaba grande porque sólo era una calle un poco más ancha que las demás; después venían once semáforos y siete cuadras a la izquierda que su mamá multiplicaba por dos, por su manía de buscar atajos.

Las primeras veces que fueron a visitar el fraccionamiento donde ahora vivían, era domingo y las luces se sincronizaban en verde. Parecía mucho más cerca. Su papá se imaginó un prado con hortaliza y su mamá unos crepúsculos largos. Después, cuando las luces rojas de cada semáforo se hicieron eternas, no hubo tiempo para el jardín y las tardes se acortaron para siempre.

El papá de Andrea —cuando todavía luchaba por escapar del aburrimiento— discurrió una teoría sobre el desfile soporífero de coches que iniciaba a las cinco de la tarde: un duen-

de sustraía los sueños de los que iban al volante. Ya sin quimeras ni visiones de su propio futuro, a la deriva, manejaban muy despacio. El letargo se apoderaba de su alma y el tráfico se iba haciendo lento, torpe, sin sentido ni destino. Esto explicaba por qué nunca encontraban un desvío, ni un coche descompuesto o accidentado que aclarara el atorón.

En el tercer semáforo, la mamá de Andrea lanzó la pregunta que traía preparada desde la noche anterior, cuando leyó la composición de su hija.

—¿Por qué piensas que la tía Matilde empacó en su maleta nuestras sonrisas?

—Porque repasé el álbum de fotos. Antes nos divertíamos mucho más. Cuando alguien hacía un disparate, mi papá lo encubría con una broma, tú llorabas de risa, contagiándome tus carcajadas. Ahora ya no. Los errores se volvieron serios.

Lo que pensaba su mamá, encerrada en un mutismo tenso, rodeado de claxonazos, era un misterio para Andrea, pero continuó:

—Antes, cuando nos quedábamos atrapados en este desorden —dijo, mirando el mar de autos y conductores enfurecidos—, mi papá hacía el recuento de sus sueños. Me los daba a guardar para que los duendes no los escondieran. Era muy divertido y a ti te hacía reír. Cuando vino la tía Matilde, este juego le pareció una tontería sin sentido. Desde entonces, tú ya no sonríes, te enojas y discutes, papá enciende el noticiero y a mí me dan unas ganas horribles de pelear.

La mamá de Andrea empezó a desenredar en su interior una larga madeja de nudos que la llevó hasta su infancia. Tardó cuatro semáforos en decir algo, recuperando una expresión feliz.

—Ni tía Matilde ni nadie tiene el poder de robarse nuestras sonrisas. El poder de la alegría es nuestro, de cada uno. Busca la tuya, Andrea, que a lo mejor está arrumbada como un juguete viejo, desempólvala y aférrate a ella.

Le tomó la mano muy fuerte, ignorando a los conductores que la urgían a avanzar, y prometió:

—Yo no volveré a dejar pasar, ni un día, la oportunidad de reír. Te lo aseguro.

A los ocho años, a partir de una larga y aburridísima hepatitis, Diego aprendió a leer en voz alta; durante sesenta noches su mamá le leyó cuentos, leyendas y desde luego, el libro de futbol que le acababa de regalar don Germán. Lo repasaron tantas veces que, al final, su mamá seguía recitándolo aunque se fuera la luz.

Finalmente, el doctor vino a verlo y dijo que ya podía salir a la calle. Esa misma tarde, en el parque, Elisa se empezó a sentir mal, se le pusieron los ojos y la piel amarillentos, y hubo que volver a encerrarse en la casa.

Diego sintió que era su turno de cuidarla: le llevaba el desayuno a la cama, iba a comprar dulces a la esquina y por las noches, le empezó a leer la enciclopedia de animales que Saúl les llevó como regalo.

Las primeras páginas fueron lentas y su lectura tan torpe, que a veces tenía que repetir tres veces para que su mamá se enterara de a qué bicho pertenecía cada guarida. Poco a poco, día tras día, Elisa, y la lectura en voz alta de Diego, mejoraron.

Ahora no lo asustaban las cincuenta páginas de distancia para llegar al final de la novela. Las terminaría en menos de cuarenta minutos y estaría en casa puntual, a la hora en que su mamá regresaba de sus clases.

Mundo admiraba su lectura a buen ritmo, con entonación, haciendo pausas breves en las comas y más largas en los puntos y aparte.

Lo interrumpía cada tres párrafos para preguntarle quién era quién y cuál era el delito que empujaba la venganza sin tregua del conde.

Llegaron al momento en que Edmundo Dantés y Alberto, el hijo de su novia añorada, debían batirse en duelo.

Una y otra vez, Mundo insistía en detenerlo, no le entraba en la cabeza que el conde de Montecristo estuviera a punto de dejarse matar sólo porque Mercedes suplicaba por la vida del joven.

—Es una cuestión de honor. Si falta a su promesa dejará de ser quien es —explicó Diego impaciente.

—Pero más vale que digan aquí huyó que aquí murió.

—No. Si hiciera eso sería igual que Danglars o cualquiera de sus enemigos.

—El conde es mucho más listo y poderoso —puntualizó Mundo

—Eso sí, pero tiene que demostrar que, a pesar de sus riquezas, sigue siendo Edmundo Dantés —dijo Diego, impaciente, y se miró el brazo buscando su reloj. Recordó, contrariado, que ahora era de Rafael.

Llegaron tarde pero, al mismo tiempo, puntualísimas. Emilia, que traía los lentes puestos, vio llegar a su amiga desde la esquina y a larga distancia descifró su contento en el ritmo alegre de sus pasos y en los saltitos con los que esquivaba las rayas del pavimento. Ya más de cerca, contempló a Andrea sonreír con la boca, los ojos y hasta las orejas.

—¡Encontraron a Diego! —quiso adivinar Emilia.

—No lo sé.

—Y entonces, ¿esa risita?

—Es de otra alegría, después te cuento —susurró Andrea mientras las mamás se saludaban como viejas amigas, aunque sólo se conocían de las reuniones en la escuela.

En el rellano del departamento de Diego, Alma esperó unos

segundos antes de tocar el timbre. Emilia, que la conocía muy bien, sabía que así se "ponía en situación". Trató de leer los gestos de la mamá de Andrea, como hacía Larismar y descifró la mirada que le dirigía a su hija: "No te rías, pon cara de circunstancias". Como nunca lo dijo en voz alta, Andrea ni cuenta se dio.

Don Germán vino a abrir la puerta, repitió con precisión la bienvenida que Elisa les había dado a las visitas y a ellas sí las hizo pasar.

El ambiente era cordialmente tieso. Emilia buscó a la mamá de Diego, quería decirle que lo vio triste en la mañana, pero cuando la tuvo enfrente sólo atinó a soltar:

—Seguro que no tarda.

Alma subrayó con una sonrisa:

—Esperaremos contigo, Elisa, así podremos festejar cuando llegue.

Las señoras se sentaron alrededor de la mesa del comedor y Emilia y Andrea en el sillón de la sala.

Alma y la mamá de Andrea se pusieron a platicar. Emilia volvió a la carga:

—¿Por qué tan contenta Andrea?

—Mi ma dio un cambio de ciento ochenta grados, está superalivianada.

—¿Y eso?

—No sé, pero me gusta.

Mientras Andrea fue al baño, Emilia tomó de la mesita un álbum de fotos y comenzó a hojearlo.

Las tapas eran de madera pirograbada. Elisa había dibujado una caja de regalo, serpentinas de colores y un pastel. Dentro había doce fotos, de doce cumpleaños. Cada una centrada en su página. Alrededor del retrato, las firmas de los amigos. En las primeras eran las huellas de las manitas de los invitados, en la de cinco ya algunos ponían sus nombres, en la de siete sus apodos, en la de nueve bromas, en la de doce dedicatorias largas cubrían todos los márgenes.

La foto era siempre la misma. Diego al centro, rodeado de su pandilla, en la mesa el pastel con las velitas encendidas. Le gustaba ese álbum en el que se veía clarito cómo iba creciendo Diego y su grupo de amigos.

Allí estaba ella desde la página siete. Le faltaban dos dientes. Siguió hojeándolo y descubrió qué linda era a los nueve. No se gustó a los doce.

Puso el libro en su lugar.

De pronto Emilia oyó el silencio como un vacío. Se apagó el murmullo de todas las voces, como si se hubieran terminado las pilas de sus aparatos. Se llevó las manos a los oídos para ajustarlos, entonces vio lo que todos miraban. De la recámara del fondo había salido Diego, pero grande. Un hombre de ojos negros, con un celular en la mano, que parecía brotar del túnel del tiempo.

Las hojas del libro pasaban una tras otra avanzando hacia el final. Los dos lectores se sentían atrapados por el arte de atar nudos de Alejandro Dumas. El autor daba remate a los cabitos sueltos, cerrando en castigo o recompensa la historia de los amigos y enemigos del conde de Montecristo.

A Diego le gustó ese reparto justiciero del bien y el mal. A Mundo le parecía que eso no sucedía en la vida "de verdad".

—A veces a los malos les va muy bien.

—Aunque no por mucho tiempo —sentenció Diego.

—Pues a veces por bastante —apuntó Mundo y siguieron leyendo sin notar que empezaba a caer la noche.

—Es su papá —murmuró Andrea.

—¿Qué? —quiso saber Emilia que no entendía de murmullos.

—Su papá —gesticuló de nuevo Andrea—. De veras lo encontró.

Emilia lo examinaba a detalle y en lugar del parecido descubría las diferencias: sus orejas son distintas, no tiene el lunar en la frente, no camina balanceándose y sus dedos parecen más chatos.

—Diego tiene manos de pianista —había dicho el papá de la niña cuando lo conoció. Emilia concluyó que lo que los distinguía sin duda era la expresión impaciente que nunca le había visto a su amigo.

—Quiero presentarles al papá de Diego —dijo Elisa y dejó

a todos con la boca abierta. Luego fue a buscar a Saúl que se había quedado como rezagado, lo tomó de la mano y, en medio de la sala, lo presentó.

—Él es Saúl, mi compañero y un amigo muy cercano de Diego.

Lo dijo con firmeza y con un orgullo un poco retador; al menos eso fue lo que Emilia vio en su mirada.

Saúl saludó con un "mucho gusto", pero el papá de Diego sólo dijo:

—José Ramón Landa.

Se hizo un silencio que cada momento incomodaba más, hasta que el papá recién aparecido preguntó:

—¿Elisa, hay algo que yo pueda hacer…?

—Ahora sólo hay algo urgente —intervino don Germán—. Urge esperar.

Todos, incluso José Ramón, obedecieron al maestro y se sentaron a dejar correr el tiempo que traería de regreso a Diego.

Faltaban sólo cinco páginas. Diego bajó el ritmo de su lectura, demorando el final. Su tono se hizo más íntimo. Mundo se acercó para oírlo mejor.

El conde de Montecristo había hecho justicia, pero más allá de la venganza había perdonado, y eso lo liberaba. Sin el peso de sus rencores ahora podía empezar una nueva vida.

El final los dejó mudos por un rato. No fue largo, sólo los

segundos que cada uno necesitaba para salir del mundo creado y regresar al jardín de la alameda.

—¿Por qué es tan importante confiar y esperar?... El conde no se quedaba esperando, él mismo resolvió todo.

—Yo creo que lo dice porque sin esperanza no hubiera sobrevivido todos esos años en la mazmorra del castillo de If y sin confianza no hubiera podido perdonar.

—Ah —fue la respuesta pensativa de Mundo y entonces se le volvieron a ocurrir mil preguntas, ahora que conocía el final tenía necesidad de conocer a detalle cómo se inició todo.

—Luego platicamos, Mundo —lo interrumpió Diego—, ya empezó a oscurecer.

—¿Qué horas son?

—No sé —dijo Diego mostrando su brazo en el que el reloj había dejado su marca.

—Me late que van a dar las siete. Me voy porque si mi mamá no me encuentra cuando llega, luego, luego se apura.

Caminaron juntos hasta el centro del jardín, cada uno con su prisa a cuestas. Allí se separaron. Mundo tomó la vereda que daba a la puerta norte y Diego la que encaminaba al sur, que aunque era un camino más largo, lo acercaba más a su casa.

Un minuto después Diego volvió sobre sus pasos al encuentro de Mundo. Había decidido prestarle el libro.

—Mañana nos vemos aquí para que te dé el primer tomo. Estoy seguro que a don Germán no le importará que te lo preste.

En la estela de silencio que provocó la espera, las visitas intentaron reacomodarse. José Ramón hojeaba concentrado el álbum de fotos con todos los cumpleaños de su hijo que se había perdido.

Don Germán recogía los vasos mientras observaba a la observadora Emilia, que seguía atenta la conversación de su mamá y la mamá de Andrea:

—Ya empezó a oscurecer, ¿dónde se habrá metido ese muchachito? —dijo Alma.

—Es que al entrar en la adolescencia se vuelven impredecibles —respondió Elvira—. Hoy mismo Andrea, que había estado enojada y rebelde hasta el cansancio, dio un cambio de ciento ochenta grados.

—A mí también, a veces, me resulta difícil saber qué piensa Emilia, qué siente. Antes era transparente.

Don Germán se acercó con el pretexto de servir más refresco y les dijo, como si hubiera estado presente durante toda la conversación:

—A ellos también les cuesta trabajo entender el mundo de los adultos. Nosotros tampoco somos transparentes.

Emilia vio que don Germán la miraba. Era la segunda vez que la sorprendía. Él se dirigió a las dos amigas.

—Dónde andará nuestro amigo.

—Dice mi mamá que somos impredecibles —susurró Andrea.

—¿Qué hubieras hecho tú?

—Caminar, creo.

—Pero ya son muchas horas caminando.

—Hoy traía el segundo volumen del *El conde...*, a lo mejor se puso a leer —sugirió Emilia.

—Pero ¿dónde? Lo hemos buscado por todos lados.

Diego estaba a treinta pasos de la puerta sur cuando se apagaron todas las luces del parque. La oscuridad de esa noche sin luna lo cubrió como un manto frío. Cuando sus ojos se acostumbraron trató de orientarse hacia la salida y caminó torpemente con los brazos extendidos como sonámbulo y los oídos atentos. Sólo escuchaba el crujir de sus propios pasos. Llegó hasta la reja y se arañó las manos con la enredadera que la cubría.

Con lentitud fue orientándose hacia la puerta. Al intentar abrir descubrió el candado cerrado.

Los miedos acumulados en esa larga tarde se hicieron nudo en su garganta y empezó a gritar con la esperanza de que lo oyera el vigilante del parque o, de perdida, su amigo Mundo.

En la casa de Diego el tiempo se fue a pausa. La tensión iba dejando lugar al aburrimiento. Emilia llevaba la cuenta del ir y venir de cada uno. Saúl y Elisa se concentraron en el trajín de la cocina. Las mamás, tras el recuento de todos los temas neutros, se dictaban recetas de platillos sofisticados. José Ramón decidió salir a comprar una pizza para salir de ese espacio en el que no hallaba su lugar.

Elisa vio claramente cuando el reloj de la cocina marcó quince minutos para la siete. En ese momento se empezó a derretir la capa de aparente tranquilidad de la que se había revestido; se terminaba la tregua pactada con sus sentimientos: no pensar, no sufrir, no angustiarse. Corrió a abrir la puerta. Diego no estaba. Se asomó por la ventana y la calle desierta y oscura la asustó.

Nadie contestó a los gritos de Diego. Oía los coches circular por la avenida pero nadie caminaba por allí. Quizá debería ir hacia la puerta norte que daba a una calle más transitada.

Ahora sí su imaginación empezó a desbocarse. Imaginó que no podría salir, que no había quién lo ayudara y que tendría que pasar toda la noche en esa inmensa cueva oscura. Cuando visualizó el miedo de Elisa decidió que tenía que haber una salida. Entonces fue cuando oyó el ladrido.

Se le paralizó todo el cuerpo sin anticipar que ese ladrido iba a ser su salida.

Le habló con calma al perro. Cuando lo tuvo cerca intentó acariciarlo y lo sintió salir corriendo hacia las matas. Espero unos segundos y las luces de un coche iluminaron brevemente el hueco de la reja de malla por donde había salido el animal.

Elisa esperaba impaciente que la operadora de Locatel volviera a revisar los datos de accidentes y heridos reportados en su sistema, por eso no vio cuando a las siete en punto Diego y José Ramón, en la puerta del edificio, se encontraron por segunda vez en ese día.

Diego había corrido más de un kilómetro a toda su capacidad, así que no tenía aire para hablar. José Ramón sólo atinó a preguntar:

—¿Por qué saliste corriendo?

Se dio cuenta enseguida de que ésa era una pregunta sin respuesta, así que le hizo otra:

—¿Dónde andabas?

Diego hizo la crónica puntual, desde que arrancó la carrera. No omitió un solo detalle. Había aprendido que la verdad no se puede decorar con mentiras.

José Ramón le explicó que lo habían buscado por todas partes, hasta por la tele.

Después ninguno de los dos supo qué decir. Expresaron lo esencial. José Ramón dijo que le daba mucha alegría que estuviera bien. Diego que no se imaginaba que lo andaban buscando.

Ni Diego dijo "papá", ni José Ramón "hijo"; esas palabras requerían otro tiempo y otro espacio.

Finalmente, se pusieron de acuerdo para verse al día siguiente y José Ramón le entregó las pizzas.

Cuando Diego por fin entró en su casa, su mamá le dio un abrazo largo, apretado e inmensamente cómodo. Fue tan largo, tan cálido, que se comunicó a los demás en círculos concéntricos, "como las ondas del sonido", diría Emilia más adelante, cuando ya pudo pensar.

La ola de afecto movió distintos resortes. Emilia y Andrea, diferentes en tantas cosas, esta vez reaccionaron igual, se fueron pegando a sus propias mamás hasta que consiguieron un apapacho.

Después de que Diego repitió la narración que le había hecho a José Ramón, los demás empezaron el recuento de la búsqueda. Se quitaban la palabra unos a otros, para agregar detalles.

Apabullado por la emoción, se refugió en el baño con el pretexto de lavarse y cambiarse de ropa. Sintió el agua fría en la cara como una caricia fresca que deshizo el nudo en su garganta. Al secar su rostro se miró al espejo: no cabía duda, su papá y él eran idénticos.

Volvió al momento justo del encuentro frustrado, antes de que sus piernas empezaran a correr. ¿De qué huyó? Del miedo, fue la respuesta, del temor a su rechazo, del susto que le provocaba su inesperada cercanía. Como José Ramón Landa, Diego también necesitaba tiempo.

Pensó en cada uno de los que lo esperaban en la sala y recordó, de pronto, el "efecto mariposa". Lo leyó alguna vez en una enciclopedia.

"El aleteo de una mariposa en California puede provocar una tormenta tropical en Australia. En un sistema complejo —decía el libro—, una pequeña causa puede multiplicarse de tal modo que acabe produciendo un resultado imprevisible."

Su impulso ciego de echar a correr provocó pequeñas tempestades en cada uno de sus amigos y en su mamá. Originó también algo que no alcanzaba a definir en José Ramón. Eso que lo hizo buscarlo toda la tarde, mover todas sus relaciones y contactos y hasta ir a la tele a hacer el ridículo...

Don Germán le entregó la lista de todos los que habían ido a preguntar por él. Diego sopesó sus afectos con orgullo, agradecimiento y una pizca de pena por haber provocado tanto escándalo.

Andrea lo ayudó a hacer las llamadas telefónicas a todos para avisar que ya estaba en casa.

Cuando Diego hablaba con la maestra Prudencia, Emilia, en un impulso que sorprendió a todos, tomó la bocina y dijo despacio y claramente:

—Maestra Prudencia, soy Emilia y hay algo que debo decirle: no tuve una premonición, con mis lentes nuevos pude leer en sus labios que iban a hacer un examen sorpresa y les dije a mis compañeros que lo había soñado.

Los únicos que entendieron lo que acababa de suceder fueron Diego, Andrea y don Germán.

Emilia vio cómo, lentamente, las cosas y las personas tomaron su lugar.

Elisa le advirtió a su hijo:

—Tenemos una larga plática pendiente, me debes muchas explicaciones, pero ahora nos vamos a comer las pizzas.

Aunque esta vez no había pastel, fue una fiesta animada, como de cumpleaños. Emilia encontró una cámara en el pozo sin fondo de la bolsa de su mamá. Tomó una foto para el álbum. Allí estaban todos sonrientes, el festejado en el centro de sus amigos, igual que cada año. Saúl se ofreció a hacer otra para que apareciera Emilia.

—No tenemos un retrato de familia, vamos a tomarlo —sugirió Diego y acomodó a Elisa y Saúl detrás del sillón que ocupaba don Germán, él se puso en medio, cada uno en su lugar.

Emilia los encuadró con cuidado. Notó que los ojos de Diego brillaban de manera distinta. Los cuatro formaban un grupo compacto y alegre.

Emilia respiró hondo. El aire inundó sus pulmones y le refrescó el ánimo. Revisó una por una las fotos que había tomado y descubrió que en esas sonrisas estaban las respuestas a cada una de las preguntas que le habían dado vueltas en la cabeza últimamente.

Estaba clarísimo que todo es según el color del cristal con que se mira y que cada problema encuentra su solución. Bastan tres cosas: entender que lo que es, es; atreverse a decir la verdad, y aprender a esperar y confiar, como aconsejaban Edmundo Dantés y su amiga Larismar.

El cristal con que se mira, de Alicia Molina,
número 209 de la colección A la Orilla del Viento,
se terminó de imprimir y encuadernar en enero de 2016
en Impresora y Encuadernadora Progreso, S. A. de C. V. (IEPSA),
calzada San Lorenzo, 244; 09830 México, D. F.

El tiraje fue de 6 700 ejemplares.